KB123778

예지몽으로 히든랭커 5

2021년 4월 12일 초판 1쇄 인쇄
2021년 4월 15일 초판 1쇄 발행

지은이 이현비
발행인 이종주

총괄 김정수
경영지원 배진경 임혜솔 송지유

기획 이기헌 왕소현 박경무 강민구
책임 편집 백승미

발행처 (주)로크미디어
출판등록 2003년 3월 24일
주소 서울시 마포구 성암로 330 DMC첨단산업센터 3층 318호, 319호
Tel (02)3273-5135 **편집** 070-7863-8595 Fax (02)3273-5134
홈페이지 rokmedia.com E-mail rokmedia@empas.com

값 8,000원

ISBN 979-11-354-9387-4 (5권)
ISBN 979-11-354-9382-9 04810 (세트)

ROK
MEDIA
로크미디어

예지몽으로 히든랭커

이현비 게임 판타지 장편소설

CONTENTS

이른 귀환

캡슐에서 나온 가온이 가볍게 샤워를 하고 나오자 기다렸다는 듯 헤븐힐로부터 전화가 왔다.

"왜요?"

-왜긴!? 어서 내려와. 한잔해야지.

아무래도 버스 탄 것이 좋은 모양이다.

가온이 바로 편한 옷으로 갈아입고 오피스텔 아래로 내려갔는데 기다리는 사람이 있었다.

"왜 이제 내려와!"

요즘 들어서 안색이 한층 밝아진 미령이었다.

"매디 씨는요?"

"뭐 금방 오겠지. 먼저 들어가자."

들어가자는 곳은 바로 치킨집이었다, 이젠 완전히 아지트가 되어 버린.

늘 앉는 자리에 앉아서 치킨 두 마리와 맥주 네 잔을 시키고 나니 매디와 바로가 들어왔다.

바로와는 탄 대륙에서는 구면이지만 현실에서는 처음이니 당연히 인사를 나누었다.

"바로라고 합니다. 형님으로 모시겠습니다."

"하하하. 성격이 좋네."

"제가 좀 그렇습니다. 그런데 외모는 많이 다르지만 어나더 문두스의 온 님과 분위기가 비슷하네요."

바로의 말에 미령과 매디의 눈이 커지더니 그를 주시했다.

"확실히 그러네."

"전혀 그런 생각은 하지 않았는데 확실히 바로 말대로 분위기가 비슷해요."

동일인이 당연한 일이지만 두 사람은 새삼스럽게 감탄했다.

"형님, 그런데 온 님과 동문이라고요?"

"응. 처음 접속했을 때 만났는데 이름이 같다는 공통점 때문에 빨리 친해졌어. 함께 어울리다 보니 그 친구의 마법 스승님을 뵙게 되었고, 운이 좋아서 그분의 가르침을 받게 되었어."

"그럼 가온도 마검사가 될 생각인 거야?"

헤븐힐이 눈을 빛내며 물었다.

"꼭 그런 건 아니고 마법을 익히다 보니 꽤 흥미로워서 당분간 스승님을 모시고 마법을 제대로 공부해 볼 생각입니다."

"참 특이하네."

"전 대단하다고 생각해요. 절대로 쉬운 일은 아니거든요."

헤븐힐은 단순히 과정을 즐기겠다는 가온이 대단하고만 생각했지만, 매디는 무척 호의적인 반응을 보였다.

"그나저나 버스는 탈 만하던가요?"

"호호호. 오늘만 3레벨이 올랐다고. 아주 제대로야."

"저도 3레벨이나 올랐지요."

"하하하. 저도 덕분에 4레벨이나 올랐습니다. 좀 늦게 시작했는데, 오늘부로 먼저 시작한 친구들과 거의 비슷해졌습니다."

셋 다 아주 신이 났다.

한참 동안 오늘 오크를 사냥한 것을 두고 대화를 나누며 맥주를 마시던 바로가 눈치를 보더니 조금 힘들게 입을 열었다.

"형."

"왜?"

"누나에게 들으니까 엄청난 건을 진행했더라고요."

"왜 너도 흥미가 있어?"

"당연히 있지요. 누나가 단 일주일 만에 1억을 벌었는데 어떻게 관심이 안 가겠어요."

하긴 당연한 일이다.

"누나에게 들으니 우리 대장님이 언데드 던전도 발견하신 모양이던데, 그것도 같은 방식으로 처리할 생각인가요?"

"이번에 랑트에 도착한 온과 그렇게 얘기를 해 두긴 했는데, 너도 끼려고?"

"형과 온 형님이 허락하시면 그렇게 하면 안 될까요? 저 생각보다 여러모로 쓸 만할 겁니다."

"예를 들어?"

"제가 게임 쪽이나 컴퓨터 보안 쪽에서는 제법 어깨에 힘 좀 주는 편입니다. 고3이었던 작년을 빼고 2년 동안 '바로의 게임 공략'이라는 사이트를 운영하기도 했습니다."

바로의 말을 들은 가온은 내심 깜짝 놀랐다. '바로의 게임 공략'은 자신만 해도 게임을 하다 제대로 풀리지 않으면 접속해서 공략 방법을 검색할 정도로 이용한 적이 있는 유명한 사이트였기 때문이다.

사이트 운영자가 이렇게 어릴 줄은 정말이지 꿈에도 몰랐다.

"좋아. 나야 제대로 마법을 배울 생각이니까 내 역할을 대신해. 온에게는 말을 해 둘게."

바로가 이쪽에 능력이 있다는 것도 확인했지만, 이미 속인 것이 있으니 이번 참에 만날 기회를 아예 없애려는 생각에서 나온 말이다.

"앗싸!"

바로가 환호할 때 매디가 진지한 얼굴로 자신의 의견을 밝혔다.

"아니에요. 가온 씨 몫은 건드릴 수 없어요. 바로의 몫은 제 몫에서 처리할게요. 이건 가온 씨 덕분에 할 수 있게 되었고, 바로가 합류하면 제 할 일은 크게 줄어들 텐데 5%나 받을 수는 없어요."

"흠. 내가 관여를 해도 좋을지 모르겠지만 매디의 의견이 타당한 것 같아."

헤븐힐까지 그렇게 말하니 가온도 자신의 주장을 고집할 수 없었다.

결국 매디의 말대로 처리하기로 결정했다.

"그럼 이번의 언데드 던전 정보 경매 조건은 어떻게 하실 생각이에요?"

"하한선이 있어야 하지 않을까요?"

바로와 매디가 이어서 물었다.

"이번 낙찰가를 하한으로 해야 하겠지."

"그걸 밝힌다고요? 난리가 날 텐데요. 사람들 관심도 엄청나게 쏠릴 테고요."

"언데드 던전은 랑트보다 플레이어 숫자가 몇 배는 더 많은 아그레브성 근처에 있으니, 경매 참가자가 크게 늘어날 거야. 그리고 게임즈인포 보안 수준이 믿을 만하다면서. 그리고 앞으로 내가 계획하고 있는 일을 위해서는 매디 씨의 아이디에 힘을 실어 주어야 해."

"형이 계획하고 있는 일요?"

바로는 물론 매디와 미령도 눈을 빛내며 가온의 말을 기다렸다.

"네가 이제까지 해 왔던 일과 비슷해."

"그럼 형도 어나더 문두스 전용 정보 사이트를 생각하는 거예요?"

가온이 고개를 끄덕였다.

"저도 비슷한 생각을 했지만 늦게 시작하는 바람에 거의 포기하고 있었는데, 확실히 돈이 될 것 같아요. 이제까지의 가상현실 게임과는 차원이 다를 정도로 어나더 문두스의 격이 뛰어나기 때문에 사람들도 몰려들거니와 어지간한 게임의 고인물들도 정리를 하고 뛰어드는 상황이거든요."

"돈을 받는다고?"

가온은 좀 더 많은 플레이어들이 편하게 게임을 할 수 있도록 정보를 서서히 공개할 생각을 했지만 유료는 생각하지 못했었다.

"당연하죠. 다들 원하는 정보는 지적 재산권이나 마찬가지잖아요. 누나는 받은 유산을 주식에 묻어 두었지만 저는 유산 일부로 그 사이트를 만들어서 운영하면서 벌써 작업실을 마련할 정도로 큰돈을 벌었는데요."

"맞아요. 대장님과 정보를 공유할 수 있는 가온 씨가 가지고 있는 거라면 상당히 귀할 텐데 그런 정보를 무료로 풀면 정보를 취급하는 사이트들은 다 망할 거예요. 그리고 그쪽에서 돈을 벌고 있는 이들도 거지가 될 테고요. 어나더 문두스가 표방하는 것처럼, 수많은 인력을 고용할 수 있는 획기적이고 새로운 세상의 등장을 생각하면 정보의 중요도에 따라서 유료로 풀어야만 해요. 그리고 나이는 어리지만 바로가 저보다 훨씬 더 부자예요."

가온은 매디의 말에 고개를 끄덕일 수밖에 없었다.

자신의 생각이 짧았다. 꼭 정보를 무료로 푸는 것이 사람들에게 좋은 것만은 아니라는 생각이 들었다.

하긴 게임이 도무지 풀리지 않을 때는 돈을 주고서라도 공략법을 입수하거나 무위를 높일 아이템을 구입하는 것이 게이머들의 생리이긴 했다.

"벌써 어나더 문두스와 관련된 동영상 콘텐츠들의 수익이 빠르게 증가하고 있어요. 동영상 플랫폼들마다 난리가 아니라고요. 그러니 유료로 해도 충분히 큰 사업으로 확장시킬 수 있어요. 무료로 많이 푼다고 해도 광고만으로도 충분히 수입을 올릴 수 있고요. 이건 완전히 새로운 산업이 출현한 거라고요."

자신보다 나이도 어린 녀석이 벌써 돈 냄새를 맡았는지 바로는 아주 적극적이었다.

　'금수저들은 어릴 때부터 이런 훈련을 받는 건가?'

　자신은 개념 자체만 잡고 있는 일을 고1때부터 해 왔다는 것도 놀랍지만 바로 사업으로 확장시키려는 발상도 대단했다.

　"그 부분은 일단 고민을 좀 해 보자. 나는 일단 독자적인 사이트보다는 게임즈인포 사이트 정보 게시판을 이용할 생각이었거든."

　"에이. 제게 맡겨 주시라니까요. 어나더 문두스 때문에 한동안 신경을 못 쓰긴 했지만, 제가 운영해 온 사이트 방문객이 아직도 하루에 평균 3천 명이 넘는다고요."

　"맡기면 어떻게 할 건데?"

　"일단 게임즈인포 측과 협의를 해야죠. 경매 건 때문에 그쪽에서도 플레이어 유입이 크게 늘었을 테니까 이번에는 좀 사이즈를 키워서 이벤트를 해 달라고 요청할 생각이에요. 형 말대로 던전이 최근 플레이어들에게 핫 스팟인 아그레브 인근에 있으니 아마 경매 참가자가 쇄도할 거예요."

　"그쪽에서도 수익을 챙기려고?"

　"당연하죠. 이제 막 출시한 게임이라서 게임즈인포와 같은 사이트가 얼마나 많이 난립하는데요. 이럴 때 우리처럼 엄청난 숫자의 플레이어를 유인할 수 있는 무기를 들고 있다면 그건 당연히 요구할 수 있는 사항이에요."

대단했다. 가온은 그저 게임즈인포를 통해 던전 정보의 경매만 할 생각인데, 바로는 생각하는 수준 자체가 달랐다.

"그럼 네 사이트는?"

"인지도를 확 끌어 올린 후 플레이어들이 방문하도록 만들면 돼요. 대신 효과적인 사냥법과 같은 정보가 좀 많이 필요하긴 하지만요."

그렇다면 굳이 독자적인 정보 사이트를 만들 필요가 없이 숟가락만 얹어도 된다.

"좋아! 매디 씨와 바로가 이번 경매 건을 맡아서 진행해봐. 결과를 보고 결정할 테니까."

"어휴! 참 대단들 하다. 아무튼 얘기 끝났으니 한 잔 시원하게 하자!"

헤븐힐은 대화에서 한동안 소외되었지만 서운한 기색은 없었다. 애초에 이쪽에는 아예 관심이 없어 보였다.

다음 날 새벽에 어나더 문두스에 접속한 가온은 깜짝 놀랐다.

고갯길은 물론이고 비트로 올라가는 경사지에도 오크들이 죽어 나빠져 있었다.

서둘러 비트로 올라가 보니 주위가 엉망이었다. 아직도 굳지 않은 핏자국들이 곳곳에 보였고 부러진 창과 화살까지 보였다.

서둘러 굴로 들어간 가온은 깜짝 놀랐다.

"이게 웬일입니까?"

굴 안에는 온통 부상자들밖에 없었고 몰골이 엉망인 스톤을 비롯한 세 사냥꾼만이 좀 나은 상태로 가온을 맞이했다.

"그게……."

스톤이 말하길 새벽같이 일어난 사람들이 보람찬 하루를 시작하려고 할 때 부지런한 오크 열 마리로 이루어진 한 무리가 사냥을 위해서 고개를 넘는 것을 봤다고 한다.

어제 그보다 두 배나 큰 무리를 두 번이나 쉽게 사냥했던 경험 때문에 사냥꾼들과 청년들은 같은 방식으로 오크를 습격했다. 어제 해치웠던 무리에 비해 숫자가 절반이니 자신들만으로도 충분히 사냥할 수 있다고 판단한 것이다.

그런데 그들이 생각하지 못한 점이 있었다. 바로 체인 메일과 투구를 착용한 오크 전사장의 무력이었다.

놈은 글레이브를 휘둘러서 비 오듯 날아오는 화살과 볼트는 물론 창까지 튕겨 낼 정도로 강한 개체였고, 즉사하지 않은 놈들 역시 보통 전사가 아니었다.

그때부터 사람들은 가파른 경사지를 뛰어오르는 오크들을 향해 필사적인 각오로 화살을 쏘고 창을 던졌다.

성과는 있었다. 오크 전사장을 제외한 나머지 놈들을 모조리 쓰러뜨린 것이다.

하지만 위험은 여전했다. 온몸에 화살과 볼트 여섯 발이 박힌 상태에서도 흉흉한 기세를 발산하면서 굴 안까지 쳐들어온 전사장의 공격을 감당해야만 했던 것이다.

동굴 안으로 몰린 청년들은 할 수 없이 방패로 놈의 공격을 막으려고 했지만, 마나가 주입된 글레이브와 부딪힌 방패는 부서지거나 심하게 찌그러졌고, 그 충격으로 피를 뿜으며 몇 미터씩 날아갔다.

그래도 노련한 세 사냥꾼은 그 혼란과 부상을 입은 상태에서도 침착하게 화살을 날려서 놈의 드러난 안면부를 집중적으로 노렸고 결국 놈을 쓰러뜨렸다.

하지만 그때는 청년들 모두가 심한 내상은 물론이고 팔다리가 부러지고 심한 타박상을 입은 후였다.

심지어 두 명은 좁은 공간에서 사냥꾼들이 날린 화살에 어깨와 옆구리가 맞는 부상까지 당했다.

그게 불과 20분 전이었다. 세 사냥꾼은 황급히 부러진 뼈를 맞추고 부목을 대는 등 치료를 시작했지만 아직 절반도 처리하지 못한 상태였다.

마음이 급한 가온은 일단 자신이 익힌 치료 마법으로 사냥꾼들과 청년들을 치료했는데 경지가 낮아서 별 효과가 없자 아공간 주머니에서 치료 포션을 꺼내 모두에게 먹이도록 했다.

포션까지 복용한 후에야 환자들의 낯빛이 좀 좋아졌다.

"제대로 된 치료는 이계인들이 오면 할 테니 좀 쉬고 있으세요."

가온은 일단 밖에 있는 오크 사체들부터 치우기 시작했다. 이 상태로 오크들이 나타난다면 정말 큰일이 날 것이다.

그로부터 대략 20분 정도 지났을 때 헤븐힐과 매디 그리고 바로가 차례로 나타났다.

가온으로부터 상황을 듣고 서둘러 굴 안으로 들어간 헤븐힐과 매디가 나서서 다친 사람들에게 힐과 홀리큐어를 펼쳐서 치료하기 시작했다.

두 사람이 마나 포션까지 마셔 가면서 식은땀을 흘리며 전력을 다한 결과 청년들의 상태는 많이 나아졌다. 일단 부목을 대지 않을 정도까지 부상이 치료된 것이다.

하지만 내상은 큰 차도가 없었다. 내상까지 완벽하게 치료하기에는 두 사람의 치료 스킬의 레벨이 그리 높지 않은 것이다.

바로와 고갯길을 정리하고 위로 올라온 가온이 그것을 확인하고 내상을 치료할 수 있는 중하급 포션을 내놓았다.

"이제 위급한 상황은 지나갔으니 세 분도 좀 쉬십시오."

가온이 세 사냥꾼들에게 체력 포션을 내주면서 권했다. 치료를 받기는 했지만 셋 다 얼굴도 창백하고 가늘게 떠는 것이 심신에 큰 충격을 받은 것 같았다.

그도 그럴 것이 마을 청년들이 행여 잘못되기라도 하면 돈

욕심에 청년들을 설득해서 데리고 나온 그들의 책임이 클 수밖에 없었다.

"네, 대장님. 대장님과 함께 사냥을 할 때 너무 쉬워 보여서 결국 이런 사달이 난 것 같아서 송구스럽습니다."

그렇게 말하는 스톤이나 로벤 그리고 벡의 얼굴에는 청년들에 대한 미안함과 자책감이 가득했다.

"죽지 않았으면 됩니다. 여러분이 살아만 있다면 이 두 분이 어떻게든 치료를 해 주실 테니까요."

실은 아직 그 정도 능력까지는 없지만 그렇게 말했다. 세 사람이 느끼는 자책감과 청년들에 대한 미안한 감정을 덜어 주고 싶었다.

역시 효과가 있었는지 세 사람의 얼굴에 혈색이 돌면서 체력 포션을 마셨다.

세 사람이 벽에 등을 대고 눈을 감는 것을 확인한 가온은 이제야 안심하고 마력 서킷을 연공하는 헤븐힐과 기도를 올리는 매디를 확인하고 밖으로 나왔다.

고갯길 아래에는 어느새 바로가 보였다. 가온이 그에게 고개 양쪽의 정찰을 부탁했던 것이다.

"어때?"

"양편 모두 별다른 징후는 없습니다. 아무래도 어제 부락으로 안 돌아온 놈들을 찾으러 나온 거 같아요."

"내 생각에도 그런 것 같다."

"아무래도 NPC들이 오늘 새벽에 상대한 오크 무리의 전사장은 대전사장에 근접한 놈인 것 같아요. 화살을 여섯 발이나 맞고도 그렇게 날뛰었다면 틀림없을 겁니다. 그리고 수거한 무기 중에 고급 등급이 있더라고요."

오크의 손으로 만든 무기가 고급일 정도면 놈의 신분이 단순한 전사장이 아니라 대전사장 후보일 수도 있었다.

"운이 나빴군."

"어제 사냥이 너무 쉬워서 사람들이 너무 들뜬 거지요. 오크들이 쉽게 보였을 테니까요. 이해해요. 저도 같이 있었다면 습격에 찬성했을 거예요."

바로가 사냥꾼들이 한 말 그대로 추측하는 것을 보니 확실히 마법사를 할 만큼 지력이 뛰어난 것 같았다.

그래도 바로가 현지인들의 행동을 비난하지 않아서 좋게 보였다. 인간은 누구나 실수를 하니 말이다.

"고생했어. 이젠 좀 쉬어."

"네, 대장님. 그리고 새로운 경매는 온 형과 상의해서 처리를 하기로 했어요."

"그래, 수고했다."

그건 지금 중요하지 않았다.

"바로, 네가 이곳에서 사주경계를 좀 해 줘야겠다. 난 오크 마을 쪽을 한번 살펴보고 올게. 물론 오크들이 지나가더라도 아무 대응도 하지 말고."

예지몽으로
히든랭커

"위험하지 않을까요?"

"괜찮아."

가온은 자신만만한 얼굴을 보여 주곤 광산이 있는 쪽으로 빠르게 질주했다.

광산은 멀리서도 금방 알아볼 수 있었다.

고개를 몇 구비 돌아서 내려가자 툭 터진 분지가 먼저 보였는데 그 분지의 위쪽에 완만한 경사를 가진 두 산이 있었다.

왼편 산의 3사분면에 광산이 있었다. 광산 앞에는 채광한 광석들이 작은 산을 이루고 있는 황토색의 넓은 공터와 갱구로 보이는 커다란 동굴이 눈에 들어왔다.

그리고 분지 위쪽, 즉 광산이 있는 왼쪽 산과 근접한 위치에 원래 인간이 건설한 것으로 보이는 오크 부락이 있었다.

목책으로 둘러싸인 부락 안에는 이전에 광산을 개발하던 인간들이 지은 통나무집들과 함께 꽤 많은 움집들이 있었고, 돌아다니는 오크들도 여럿이 보였다.

"좋은 곳에 자리를 잡았네."

오크 마을의 서북쪽에는 두 산 사이의 계곡을 따라 흐르는 물이 모여 만들어진 작은 호수가 있었고, 제철소 혹은 제련소로 보이는 큰 건물 2개가 있었는데, 그쪽엔 오크가 보이지 않았다.

오크 마을의 앞쪽에는 농경을 해도 될 정도로 넓은 초지가 펼쳐져 있었는데, 곳곳에 나무 그루터기가 보이는 것을 보면 원활하게 사주경계를 하기 위해서 잘라 낸 것 같았다.

"들은 것보다 부락의 규모도 크고 오크 숫자 역시 더 많 군."

아침부터 오크들은 바빴다. 수를 세기도 힘들 정도로 많은 오크들이 무슨 일을 하는지 목책으로 둘러싸인 마을 안을 활보하고 있었다.

보통 이 시간이면 동물들이 움직일 시간인데 초지에는 동물이 거의 보이지 않았다. 아마 그동안 사냥을 해서 동물들이 씨가 말랐을 것이다.

오크 부락에서 이어지는 큰길은 3개였다. 하나는 광산으로 올라가는 길이었고 다른 하나는 초지 쪽 그리고 마지막 길이 바로 가온 일행이 있는 고갯길과 이어졌다.

'그렇다면 사냥을 하러 나오는 오크들은 모두 이 길을 거친다는 거군.'

광산으로 올라가는 길이 여전히 남아 있는 건 오크들이 채광을 한다는 증거였다.

초지 쪽이야 이제 잡을 것이 남아 있지 않으니 굳이 그쪽으로 갈 일은 없었다.

'이 사실을 알리면 드인 상단 측이 무척 당황하겠네.'

오크 가구가 보통 암컷 한 마리에 수컷 서너 마리 그리고

예지몽으로
히든랭커

새끼 열 마리 정도가 보통이니, 움집의 숫자를 고려할 때 최소한으로 잡아도 1천 마리가 훨씬 넘을 것 같았다. 물론 사냥이 가능한 개체들이야 더 자세히 살펴야 하지만 말이다.

아무튼 길을 확인한 것만으로도 큰 소득이었다.

'상단의 의뢰는 문제없이 해결할 수 있겠어.'

어제처럼 고갯길에서만 잠복하고 있다가 100마리에 맞추어 사냥을 하면 된다.

문제는 사냥을 나갔다가 돌아오지 않는 놈들이 늘어나면 오크 부락 측에서는 당연히 오늘 아침처럼 강력한 힘을 가진 놈들을 보낼 거라는 사실이다.

'뭐 그건 나와 상관이 없지.'

오크 부락의 규모를 확인한 가온은 초과 수당은 생각하지 않기로 했다. 드인 상단이 요구한 전사 100마리만 사냥할 생각이다.

그보다 더 많이 상대하려면 지금보다 훨씬 더 많은 인원에 강력한 전력을 갖추어야만 했다.

'그럼 배보다 배꼽이 더 크지. 이크!'

가온은 부락 쪽에서 100여 마리에 달하는 오크 전사들이 나올 준비를 하는 것까지만 확인하고 자리를 떴다.

정찰을 마치고 비트로 돌아온 가온은 사람들의 안색이 처음보다 한결 나아졌음을 확인할 수 있었다. 어쨌거나 내외상은 이미 치료가 된 것이다.

"대장님, 어딜 다녀오신 거예요?"

이제 기운을 차린 매디가 물었다.

"……이런 이유로 오늘 바로 철수하기로 하지요."

오크 부락에 대한 가온의 설명을 들은 사람들은 바로 고개를 끄덕였다. 특히 청년들의 경우에는 오크 전사장에게 당한 충격 때문에 더 이상 오크를 상대하는 건 어려워 보였다.

"원래 계약은 내일까지지만 제 의견대로 움직이는 것이니 보수는 그대로 지급하겠습니다."

가온이 그렇게까지 말하자 더 이상 거부할 필요가 없었다.

"움직일 수 있습니까?"

치료를 전담한 헤븐힐에게 물었다.

"치료는 다 됐어요."

"그럼 이곳을 잘 엄폐한 후 바로 떠나기로 하지요."

가온은 드인 상단의 의뢰를 수행할 때 다시 이곳을 사용할 생각이다. 이곳에 잠복해서 적당한 기회만 노린다면 드인 상단의 의뢰는 어렵지 않게 수행할 수 있을 것이다.

굴의 입구는 잔가지와 덩굴을 끌어와서 가렸고 일부러 올라와서 확인하지 않는 이상 발견하기는 힘들었다.

아래로 내려온 후 세 사냥꾼과 바로가 힘을 합쳐서 사람들이 오르내린 흔적까지 지워 버리는 것으로 마무리를 했다.

"이제부터 정찰은 내가 합니다. 여러분은 진형을 잘 짜서

내 뒤를 따라오세요."

스톤이나 로벤 그리고 벡의 능력을 무시하는 것이 아니라 그가 직접 움직이는 편이 폭넓은 정찰에 더 낫기 때문이다.

이미 일행 모두 가온이 마치 새처럼 나무 위를 이동하고 빠르게 질주하는 모습을 확인했기에 반대는 없었다.

스톤의 주도로 진형을 갖추었다. 헤븐힐과 매디 그리고 바로가 가운데 위치하고 라운드 실드를 착용하고 창을 든 청년들이 그 주위를 호위하며 스톤이 선두, 로벤과 벡이 후미를 맡았다.

그렇게 진형이 완성되자 가온은 질주 스킬을 펼쳐서 달리면서 마나를 아끼지 않고 마나 탐색 스킬까지 펼쳤다.

마나 탐색 스킬을 펼치니 휙휙 지나가는 사물에서도 특이점을 찾을 수 있었다. 부자연스러운 지형이나 마수와 몬스터가 남긴 흔적들이 실시간으로 빠르게 전달된 것이다.

그렇게 정찰을 맡아서 이동한 지 2시간 정도가 지나자 일행은 산을 벗어날 수 있었다. 치료는 했지만 어제처럼 빨리 이동할 수가 없었다.

"이곳에서 늦은 아침을 해결하고 가도록 하지요. 여러분은 이곳에서 건량으로 식사를 하면서 쉬고 계십시오."

가온은 창백한 얼굴로 가픈 숨을 몰아쉬는 사람들을 보고 그렇게 말했다.

"어딜 다녀오시려고요?"

"이계인 친구들과 함께 잠시 주위를 둘러보고 오겠습니다."

"그런데 우리끼리 있으면 좀 불안합니다."

스톤이 불안한 얼굴로 조심스럽게 말했다.

그의 말대로 이곳은 숲 입구지만 무슨 일이 생기면 나무에 올라가서 피하는 것을 제외하고는 방법이 없었다.

어지간한 마수는 그 방법으로 피할 수 있지만 독침을 사용하는 고블린이나 힘이 좋아서 돌을 투척하는 것만으로도 위험한 오크가 나타나면 세 사냥꾼을 제외하고는 꼼짝없이 죽을 수밖에 없었다.

"아! 가기 전에 일전에 썼던 가시나무 덩어리로 목책을 만들어 두겠습니다."

"그럼 푹 쉴 수 있겠군요."

가시나무 목책의 위력을 잘 알고 있는 스톤이 이제야 불안 감을 떨쳐 버리고 환하게 웃었다.

목책을 설치하는 건 간단했다. 열두 명이 쉴 수 있는 공간만 확보하면 되기 때문에 가시나무 덩어리도 많이 필요하지 않았던 것이다.

뙤약볕을 피할 수 있는 큰 나무를 중심으로 둥글게 가시나무 덩어리들을 배열하고 붙이면 끝나는 일이다.

챙겨 두었던 가시나무 덩어리는 지난번에 혼울프들을 상대할 때 놈들이 뛰어넘으려다가 위에 떨어져서 뭉개지고 발버둥을 치는 바람에 이젠 더 틈이 없어졌다.

그렇게 일행의 안전을 확보한 가온은 세 사람과 함께 10분 거리에 있는 높은 언덕으로 향했다.

가는 동안 헤븐힐은 곧 의뢰가 끝나 최소한 3개월 동안은 함께할 텐데 자신들을 편하게 대해 달라고 부탁을 해 왔다.

"괜찮겠어요?"

"당연히 괜찮지요."

매디나 바루도 헤븐힐과 같은 마음이었는지 고개를 격하게 끄덕였다.

"좋아. 그렇게 하지."

"대장님, 그런데 우리도 적당한 곳에서 쉬면 안 될까요? 너무 덥고 힘들어요."

사람들이 보이지 않을 정도로 떨어지자 헤븐힐이 투덜거렸다. 매디와 바로 남매도 말은 안 했지만 비슷한 심정인 것 같았다.

"조금만 참아. 재미있는 사냥을 할 생각이니까."

가온은 이대로 랑트로 돌아가기보다는 세 사람에게 즐거운 추억을 만들어 주고 싶었다.

"사냥이라고요?"

대번에 세 사람의 눈이 초롱초롱해졌다.

"혹시 토끼 사냥 해 봤어?"

세 사람 다 고개를 저었다. 금수저들이니 아마 토끼는 동물원에서나 봤을 것이다.

"온에게 들으니 그곳의 토끼는 보통 초지나 낮은 언덕의 땅속에 굴을 파고 산다고 하는데, 이곳의 토끼들도 마찬가지야. 녀석들은 적게는 수 미터, 멀게는 수십 미터 떨어진 곳에 여러 개의 굴을 파서 위험한 상황이 되면 순식간에 도망을 가지. 우리는 그 토끼들을 사냥할 거야."

"이곳 토끼는 어떻게 생겼어요?"

"그건 직접 보면 알게 될 거야. 하지만 종류가 아주 다양하고 온이 말한 그곳 토끼보다 덩치는 두세 배나 되지. 무엇보다 살이 많고 육질이 부드러워서 꽤 고급 식재료에 들어가."

이 세상은 지구에 비해서 종류나 수량 면에서 허브의 종류가 월등히 많다. 어지간한 들판에는 다양한 약효를 가진 허브들이 지천인 세상이다.

당연히 이 허브를 먹고 사는 초식동물의 육질이나 향 그리고 맛은 지구와 비교하면 훨씬 뛰어났다. 무엇보다 장복하면 건강에도 좋았다.

마수와 몬스터의 위험이 없는 곳, 예컨대 백작성이나 후작성 정도의 영지성에서 사는 사람들의 수명은 거의 90세로 평균 수명은 지구와 비슷하지만 이쪽 사람들은 어지간하면 병으로 죽지 않고 죽기 직전까지 정정하게 산다.

그게 다 허브를 먹고 자란 가축 고기와 채소처럼 즐겨 먹는 허브들 덕분이다.

예지몽 속에서 한 식품 영양학자가 어나더 문두스를 5개월 정도 하면서 조사해서 발표한 논문의 내용이었다.

"이대로 돌아가면 세 사람도 아쉬울 거고, 사람들의 기력 충전도 시켜 줄 겸 토끼 사냥을 하려는 거야."

"정말 맛있어요, 대장님?"

식성이 무척 까다로울 것처럼 생긴 바로가 군침을 삼켰다.

"특히 토끼 스튜에 매운 향신료를 넣으면 맛이 아주 끝내 줘."

예지몽 속에서 한번 본 적이 있었다. 먹어 본 것이 아니라 먹방 콘텐츠를 보며 침만 흘렸다는 얘기다.

어나더 문두스를 처음 시작한 플레이어들은 보통 레벨 업을 위해 사냥에 올인하지만, 나중에 합류한 플레이어들 중에서는 학자나 요리사 등 다양한 직군이 포함되었다.

그리고 그들은 랭커를 지향하는 것이 아니라 즐기기 위해서 접속한 만큼 강한 탐구심으로 자신의 직업과 관련된 일들을 하는데, 그런 일로도 레벨이 올랐다.

그중 한 요리사가 개발한 토끼 스튜는 먹방과 관련된 플레이어들의 극찬을 받을 정도로 맛이 뛰어났고, 그 때문에 한동안 저레벨 플레이어들은 토끼 사냥에 열을 올렸었다. 토끼 고기의 가격이 치솟아서 무구를 장만하는 좋은 방법으로 알려졌다.

그렇게 사냥이 가능한 안전한 지역에서 토끼들이 학살되다 보니 어느새 일반 사람들은 맛보지도 못할 정도로 토끼 가격이 올라 버려서 예지몽의 끝부분에 그 요리사는 결국 레시피를 공개해 버렸다.

'생각해 보니까 첫날이나 다음 날에 잡은 것도 아직 있었네.'

미처 떠올리지 못했다.

"한번 먹어 본 적이 있는데 별로던데요."

"저도 먹어 본 적이 있는데 맛이 없지는 않았지만 MSG 맛이 너무 강했어요."

헤븐힐과 매디는 역시 사는 집 자식들답게 귀한 토끼 요리를 맛본 모양이다.

"일단 한번 먹어 봐. 온도 무척 좋아했으니까."

가온의 자신만만한 말에 헤븐힐과 매디도 기대하는 눈치로 열심히 따라왔다.

높은 언덕에서 토끼들이 서식하는 것을 확인하고 달려온 야트막한 언덕은 수많은 종류의 허브들이 뒤덮고 있었다.

그런데 언덕 곳곳에 작은 굴들이 뚫려 있었다.

"저 굴들이 토끼굴이에요?"

"맞아. 아까 눈으로 확인한 것보다 훨씬 많은 모양이네."

한눈에 들어오는 굴의 숫자만 해도 무려 50여 개에 달하니 토끼 무리가 꽤 많은 서식하는 것 같았다.

"그럼 우리가 할 일은 뭐예요?"

매디도 이제야 좀 의욕이 보이는 얼굴이 되었다.

"일단 어떤 굴들이 연결되어 있는지 알 수 없으니 하나만 남기고 모두 진흙으로 막아 버려야 해."

마침 멀지 않은 곳에 큰 물웅덩이들이 여러 개가 있었고 그 주변에는 진흙들이 보였다.

네 사람은 삽을 이용해서 진흙을 퍼 날라서 2개만 남기고 눈에 보이는 굴들을 모두 막아 버렸다. 그런 후에 근처의 관목과 풀을 베어서 구멍 앞에 불을 피웠다.

"바로, 바람이 안으로 들어가게 해."

가온의 지시에 바로가 윈드 마법으로 연기가 굴 안으로 들어가도록 했다.

얼마 후 막지 않은 굴 밖으로 연기가 솔솔 흘러나오기 시작했다. 물론 굴 앞에는 가온이 자리를 잡고 있었다.

후다닥!

굴 안을 가득 채운 매운 연기를 참다못한 토끼들이 뛰어나오기 시작했다.

기다리고 있던 가온은 미리 준비했던 굵은 나무 몽둥이로 그런 토끼들을 후려치기 시작했고 매디와 헤븐힐이 뻗은 놈들을 연신 뒤로 뺐다.

총 서른두 마리를 잡은 후에야 더 이상 나오는 토끼가 없었다. 그래도 이 굴 안에는 어린 새끼는 없었는지 가장 작은 녀석도 성체의 절반 정도는 되어 행여 모를 헤븐힐과 매디의 동정심을 자극하지 않았다.

"와아! 정말 크다!"

현지인들이 뭐라고 부르는 것 같은데 회색과 흰색이 섞인 이 토끼의 체구는 지구의 사냥개들만큼이나 컸다.

"대장님, 이번에는 내가 잡아 보고 싶어요."

가온이 토끼를 잡는 것을 보던 바로가 눈을 빛내며 요청했다.

헤븐힐과 매디도 해 보고 싶은 얼굴이었다.

뭐 숫자는 충분했지만 더 잡아서 쟁여 놓는 것도 나쁘지 않았다.

"세 사람 모두 해 봐."

연기가 들어가고 나온 굴 주위의 막은 굴들을 꼬챙이로 뚫자 연기가 새어 나오는 것들이 7개가 있었다.

그것들은 지금 잡은 토끼들이 서식하는 굴이니 이번에는 다른 굴을 노리면 된다.

남은 굴 중 한 곳의 입구를 연 다음 앞서와 마찬가지로 생나뭇가지와 풀을 쌓아 놓고 불을 피운 후 연기를 바로가 마법을 이용해서 안으로 불어넣었다.

그사이 근처에 있는 다른 굴 입구를 개방했다.

굴 앞에는 헤븐힐과 매디가 몽둥이를 들고 기다리고 있었고 얼마 후 바로도 합류했다.

얼마 후 연기가 솔솔 빠져나오더니 빠른 속도로 토끼들이 튀어나왔다.

퍽! 퍽! 퍽!

"꺄악!"

"죽엇!"

가온만큼 동체 시력이나 반응이 빠르지 못해서 몇 마리는 놓쳤지만 세 사람이 휘두르는 몽둥이질에 스무 마리가 넘는 토끼들이 뻗어 버렸다. 전사 계열이 아니라고 해도 레벨이 있기 때문에 몽둥이에 힘이 실렸다.

처음에는 조심스럽게 몽둥이를 휘두르던 헤븐힐과 매디도 손맛을 느꼈는지 나중에는 기성까지 지르면서 열심히 몽둥이질을 했다.

더 이상 빠져나오는 토끼가 없어서 확인해 봤더니 이번에는 스물네 마리가 잡혔다.

이번에도 태어난 지 얼마 안 되는 새끼들은 없는 것을 보면 출산기를 거의 비슷하게 맞추는 것 같았다.

그렇게 재미있게 두 차례에 걸쳐 토끼 사냥을 한 후 막았던 굴을 모두 다시 뚫어 주는 것으로 마무리를 했다.

돌아오는 길에 제법 큰 물길에서 도축까지 마쳤다. 오크 정도라면 몰라도 그동안 지켜본 것이 있었고, 손재주도 있었기에 토끼 정도는 충분히 도축할 수 있었다.

"또 이런 사냥을 했으면 좋겠어요!"

"나도요! 스트레스가 확 풀리는 것 같아요."

"렙업에 신경 쓰지 않고 이렇게 사냥을 하니 또 다른 재미가 있네요. 저도 종종 이런 사냥을 했으면 좋겠어요."

세 사람 모두 막간을 이용한 토끼 사냥에 크게 만족해서 사냥을 이끈 가온도 즐거웠다.

그가 굳이 환자들을 놔두고 세 사람을 데리고 토끼 사냥을 나온 이유가 있었다.

'트라우마가 생길 것 같았어.'

보통 탄 대륙 주민들과 거의 접촉이 없는 플레이어들과 달리 이 세 명은 앞으로 한동안 그의 일행이 되어 퍼슨과 패터 등 현지인과 지내야만 한다.

그런데 오늘 다친 사람들을 본 세 사람의 표정이 너무 안 좋았다. 셋 다 게임으로만 생각했던 것과 달리 고통스러워하는 현지인들의 모습이 너무 생생해 보였기 때문이다.

특히 피를 본 헤븐힐의 안색이 크게 안 좋았다. 두려움을 간신히 참고 치료를 해 주는 모습이 역력하게 보였다. 혈액 공포증을 아직 극복하지 못한 것이다.

그래서 이들의 심각한 기분을 빨리 풀어 줄 필요가 있었다. 그리고 함께하면 레벨 업을 위한 사냥만 하는 게 아니라 종종 이런 즐거운 시간을 가질 수도 있다는 것도 경험시켜 주고 싶었다.

당장 헤븐힐의 얼굴이 확 달라져 있었다. 토끼 사냥을 하는 동안 기분이 확 풀린 것이다.

'내 동료가 되었으니 혈액공포증은 꼭 치료해 줄게요.'

2시간 만에 돌아오니 예상한 대로 별일은 없었다. 사주경계를 하고 있는 세 사냥꾼들을 제외하고는 나무 그늘 아래에서 한숨 늘어지게 자고 일어난 듯 얼굴색이 무척 좋았다.

가온은 땀과 피에 절은 그들의 행색을 보고 문득 생각나는 것이 있어서 목책은 여전히 둔 상태로 나무 뒤편으로 갔다.

두 아름드리는 될 것 같은 거목의 적당한 지점에 있는 굵은 가지를 자른 후 남은 나무에 물주머니를 거꾸로 매달고 주둥이를 적당히 열자 물이 쪼르르 흘러내렸다.

주둥이 쪽에 있는 끈으로 빠져나오는 물의 양을 적당히 조절한 후 다시 끈을 단단히 묶은 가온은 같은 작업을 두 번 더 해서 물주머니를 2개 더 걸었다.

그다음 아까 자른 나뭇가지를 정리해서 장대로 만든 후 나무와 2미터 간격을 두고 단단히 박은 후 오크 가죽을 펴서 연결하니 커튼처럼 나무 앞쪽에서는 뒤쪽을 볼 수가 없게 되었다.

그 후 스톤을 불러서 어떻게 씻는지 시범을 보여 주고 다들 씻도록 조치했다.

물론 여분의 물주머니 10개와 면 속옷 그리고 병사들이 즐겨 입는 레더아머까지 새것으로 꺼내 놓아서 갈아입도록 했다.

"안 그래도 제대로 씻지 못해서 다들 찝찝해했는데 정말 감사합니다!"

이 세계 사람들도 위생 관념은 있다. 그래서 보통 마을은 물길 주위에 자리를 잡고 하루에 한두 번은 얼굴이나 몸을 씻는다.

빠른 걸음으로 걷고 오크 사냥까지 하는 바람에 땀을 흘린 상태에서 하루 반 이상을 씻지 못했으니 다들 찝찝했을 것이다.

청년들은 물론 사냥꾼들도 가온의 배려에 진심으로 감사했다. 이렇게 세심하게 배려하는 고용주는 한 번도 경험하지 못했다.

그렇게 사람들이 씻는 동안 가온은 세 사람과 함께 화덕을 만들고 스튜를 끓이기 시작했다.

레시피는 이미 외우고 있었다. 토끼 스튜 먹방을 볼 때마다 언제 한번 꼭 먹겠다고 다짐을 했었기에, 요리사가 레시피를 공개했을 때 달달 외워 버렸다.

이쪽 음식이었기 때문에 필요한 허브들과 향신료는 다 있었다. 희귀한 재료는 하나도 들어가지 않았다.

매콤달콤한 토끼 스튜와 곁들여 먹을 빵도 충분했다.

그렇게 스튜가 완성되었을 때 냄새에 이끌린 사람들이 하나둘 모여들었는데, 머리까지 감았는지 다들 멀끔하게 변해 있었다.

토끼 스튜는 그야말로 폭발적인 인기를 끌었다. 진하면서도 향긋한 국물부터 맛본 사람들은 다들 눈이 휘둥그레졌고, 진한 양념이 잘 배인 고기를 씹는 순간 눈이 튀어나올 것 같았다.

그건 이곳 사람들에게만 해당되는 게 아니었다. 헤븐힐과 매디 그리고 바로도 한번 맛보더니 손길이 무척이나 바빠졌다.

물론 당연히 스튜를 조리한 가온도 토끼 스튜를 즐겼다.

'이 맛이구나!'

왜 그렇게 먹방 스트리머들이 과도한 반응을 보였는지 알 것 같았다.

대충 30인 분 정도를 조리한 것 같은데 순식간에 동이 났다. 빵과 들어간 고기의 양이 충분해서 배가 불룩 나왔음에도 입맛을 다시는 것을 보니 슬며시 웃음이 나왔다.

위는 이미 만족했는데 입과 뇌는 더 스튜를 원하는 것이다. 진짜로 맛있는 음식을 대했을 때의 전형적인 반응이었다.

"아! 정말 맛있었어. 현실에서도 이런 토끼탕이 있었으면 좋겠다!"

"그러게요, 언니. 이런 맛이라면 좀 멀리 있더라도 가서 먹을 텐데요."

"나 마법사 하지 말고 대장님한테 레시피 전수받아서 플레이어 상대로 토끼 스튜나 팔까 봐."

헤븐힐과 매디 남매도 더할 수 없이 만족한 얼굴로 배를 두드렸다.

"자, 이제 차 한 잔 마십시다."

"차가 있어요?"

"응. 이곳에도 차가 있지. 주로 여유가 있는 사람들만 즐기지만."

차는 아그레브에서 거메인을 통해서 구했다. 성 밖으로 벗어나기 힘든 이곳 세상에서 차는 굉장히 비싼 기호식품으로 같은 무게의 은 가격에 해당할 정도로 귀했다.

그렇게 구한 찻잎은 세 종류였는데 지금 가온이 꺼내는 것은 입안을 상큼하게 만들어 주고 양치 효과까지 있다고 했다.

"이렇게 좋은 차는 처음 마셔 봅니다. 입안이 너무 개운하고 머리까지 맑아지는 것 같습니다."

"하하하! 대장님 덕분에 잠시나마 귀족이 된 것 같습니다!"

"맞습니다. 어디서도 들어 보지 못한 맛있는 토끼 스튜에 이런 귀한 차까지. 정말 감사합니다!"

세 사냥꾼의 말에 청년들까지 머리를 깊게 조아려 고마운 마음을 전했다.

샤워와 맛있는 음식 그리고 입은 물론 기분까지 개운하게 만들어 주는 차까지 마신 일행은 심신의 피로를 씻어 낼 수 있었고, 그 이후로는 별일 없이 오후에는 랑트로 무사히 귀환할 수 있었다.

다행히 이후 랑트로 귀환하는 여정은 순조로웠다. 이미 많은 이계인이 성 밖으로 진출해서 왕성하게 사냥을 하고 있었다.

경비대의 환영을 받으며 입성해서 내성 입구에 도착하자 세 외성마을 사람들은 바로 마을로 향했다.

"수고가 많았습니다."

가온은 사람들의 사기를 위해서 성을 앞두고 마지막으로 쉴 때 이미 잔금을 지급해서 정산을 마쳤다.

"추가 보너스는 내일 아침에 들러서 지급하도록 하지요. 좀 쉬십시오."

치료는 충분히 받았지만 후유증은 아직 남았기 때문에 안정감을 느낄 수 있는 집으로 귀가해서 쉬는 편이 나았다.

여관으로 돌아오니 퍼슨과 패터는 보이지 않았다. 가온이 맡긴 일 때문에 바쁜 것이다.

드인 상단의 의뢰를 수행할 때까지는 별일이 없었기 때문에 헤븐힐 일행이 로그아웃을 한 후 가온도 별채로 가서 로그아웃을 했다.

왠지 일찍 로그아웃한 세 사람이 연락을 해 올 것 같았다. 그게 아니더라도 모처럼 시간이 났으니 인터넷 검색이라도 하면서 시간을 보낼 생각이었다.

가온이 의식을 차리고 막 캡슐 커버를 젖히려고 할 때였다.

─캡슐의 업그레이드가 완료되었습니다!

이건 무슨 소리인가?

"누구?"

가온은 자신도 모르게 그렇게 말하면서 캡슐 안을 둘러보았다. 그 정도 여유 공간은 있었던 것이다.

─저는 XP1040─NIX00001입니다.

이번에는 확실하게 들렸다. 아니, 귀로 들리는 것이 아니라 머릿속으로 직접 전해지는 일종의 의념이었다.

"그러니까 누구냐고?"

─저는 마스터가 사용하고 있는 캡슐의 초자아체입니다.

이게 대체 무슨 소리인가?

가온은 난데없는 상황에 얼굴이 딱딱하게 굳어 버렸다.

벼리

'캡슐의 초자아체라고?'

캡슐에 인공지능이 내장된 사실은 알고 있지만 초자아체라니 이게 대체 무슨 소리인가?

-네, 맞습니다. 제가 캡슐을 관리하고 마스터의 영혼 여행이 순조롭도록 보조하는 역할을 수행하고 있습니다.

자신을 캡슐의 초자아체라고 주장하는 존재의 의념을 들은 가온은 먼저 그 존재가 어디에 있는 건지 궁금했다.

"그럼 현재 네가 있는 위치는 캡슐이야? 아니면 내 몸속이야?"

-원래는 캡슐이었지만 지금은 둘 다 아닙니다. 원래는 캡슐 안에 내장되어 있었는데, 초인공지능으로 진화한 후에는

파동의 형태로 마스터의 영혼과 결합된 상태예요.

세상의 모든 물질과 비물질은 파동의 결과라는 말은 어디선가 들은 적이 있는데 영혼 역시 그런 모양이다.

파동의 상태로 자신의 영혼과 결합한 상태라니 앙헬처럼 귀속이라도 된 건가?

확실하게 이해가 된 건 아니지만 지금은 그게 중요한 건 아니다.

"그럼 네가 할 수 있는 게 뭐가 있지?"

─일단 캡슐을 관리하고 마스터의 영혼이 차원 여행을 하는 동안 동화율에 따라 마스터의 육체를 움직이게 하는 것이 가장 중요한 업무입니다.

"동화율에 따른 내 육체의 움직임을 네가 관리한다고?"

─네. 그래야 탄 차원의 아바타가 수련이나 사냥에서 얻은 결과물을 마스터가 공유할 수 있으니까요.

그렇다면 단지 게임만 했는데 육체 능력이 놀랍도록 변화한 것이 바로 캡슐과 캡슐을 관리하는 이 존재 덕분인 것이다.

"그럼 현재 내 동화율은 얼마지?"

─3.47%입니다.

생각한 것보다 낮은 수치였다.

"그럼 내가 수련이나 사냥 혹은 레벨 업을 통해 100이라는 능력을 얻었다면 3.47에 해당하는 능력을 현실에서 발휘할 수 있다는 거야?"

─반드시 그런 건 아니지만 그렇게 생각해도 무방합니다.

참으로 놀라운 일이다.

'설마 모든 캡슐의 인공지능이 너와 같은 일을 하는 거야?'

─당연히 아닙니다. 저급한 인공지능들은 그저 시스템의 명령에 따라서 단순히 캡슐 소지자의 차원 여행을 돕는 것에 불과합니다. 당연히 동화율에 따른 플레이의 결과가 현실에 적용되지 않습니다.

상식적으로 그래야 맞는다.

'내 경우에는 캡슐의 등급이 달라서 다른 건가?'

가온은 새삼 자신이 예지몽을 통해서 엄청난 기연을 얻었다는 사실을 실감했다.

"너와 같은 초인공지능이 탑재된 캡슐들이 많아?"

─총 1만 개가 있는 것으로 알고 있습니다. 다만 그 캡슐들에 탑재된 인공지능과 저는 비교할 수 없는 격차가 있습니다.

"격차가 있다고?"

─네. 마스터께서 제공하신 순도 높은 르테인 덕분에 저는 이미 1차 진화를 마친 상태이고, 그 캡슐들에 내장된 인공지능은 단순한 강인공지능에 불과하니까요.

현재 과학계는 강인공지능과 초인공지능이라는 용어를 동의어 정도로 취급한다. 같은 말이라는 뜻이다.

그런데 이 존재가 하는 말에 따르면 초인공지능은 강인 공지능의 진화형으로 보였다.

"그럼 네 덕분에 내가 로그아웃의 제한 없이 플레이를 할수 있는 거야?"

―그렇습니다. 원래 1만 개의 프리우스급 캡슐의 사용자는 최대 사흘 동안 로그아웃을 하지 않고 플레이를 할 수 있지만, 저의 경우 그런 제한이 없습니다.

새로운 사실을 알았다. 프리우스급 캡슐 사용자라고 해도 자신처럼 계속 탄 대륙에서 지낼 수 없다는 사실 말이다.

"어떻게 그게 가능한 거지?"

―마스터의 영혼이 그 이상의 시간 동안 차원 여행을 할수 있을 정도로 강력하고, 제가 마스터의 육체를 관리하기 때문입니다.

속속들이 이해한 건 아니지만 이제 대충 이해가 된다.

"그럼 하나 더 물어볼게. 왜 랭킹에 내가 들어가지 않는 거지?"

―그건 저 때문입니다. 저는 본래 시스템에 허가를 받지 않은 프리우스급 캡슐에 탑재되었지만, 마스터의 르테인 덕분에 진화를 해서 스스로 세이뷰어 시스템의 백도어를 드나들 수 있는 존재가 되었습니다. 때문에 마스터께서는 세이뷰어 시스템이 관리하는 어나더 문두스에서는 일종의 이레귤러로 존재하게 된 겁니다.

다른 건 몰라도 자신이 이레귤러라는 사실은 확실히 알 수 있었다.

"그러니까 시스템을 이용할 수는 있지만 시스템의 관리를 받지 않는다, 뭐 이런 건가?"

-그렇다고 보면 됩니다.

"그럼 내가 다른 캡슐에서 플레이를 하는 경우도 가능해?"

-당연히 됩니다.

"어떻게 그게 가능한 거지?"

가온은 인공지능의 대답에 정말 깜짝 놀랐다.

-아르테미인들의 도움을 받아서 완성한 세이비어 시스템은 탄 대륙이 있는 세상으로 영혼을 보낼 수 있고 그곳 세상의 육신, 즉 아바타는 루 여신의 권능을 통해 만들어집니다. 그러니 마스터 영혼 고유의 뇌파만 복사해 내면 아바타를 운용할 자격이 주어집니다.

"그럼 만약 네가 나 대신 아바타로 사냥을 하거나 수련을 한다면 결과는 어떻게 되는 거야?"

-당연히 레벨 업이나 숙련도의 상승으로 나타납니다.

이건 정말 대박이다.

언뜻 생각나는 것만 해도 자신이 로그아웃을 한 사이에 초인공지능으로 하여금 사냥을 하게 한다면 훨씬 더 빠르게 레벨 업을 할 수 있었다.

그렇다면 이 존재는 정말 영혼을 가졌다고 볼 수 있었다.

지금까지 한 말에 따르면 플레이어는 어나더 문두스의 시스템을 이용해서 영혼이 차원여행을 하는 것이니 말이다.

"그런데 아까부터 자꾸 르테인이라는 단어를 언급하는데, 그게 대체 뭐야?"

자신이 이레귤러로 플레이를 할 수 있는 것은 불법으로 생산된 이 캡슐 때문이 아니라 르테인 때문이었다. 어쨌거나 자신이 초인공지능이라고 주장하는 이 존재가 진화한 동력이 바로 르테인이라는 것 같으니 말이다.

-우주의 근원이 되는 원초적인 에너지이며 모든 종류의 에너지의 원형에 해당합니다.

대답을 들었지만 바로 이해하긴 힘들었다.

"그건 그렇고 네가 단독으로 할 수 있는 일이 더 있어?"

-네. 마스터의 허락이 있을 경우 전기 혹은 전자기를 이용한 모든 행위를 할 수 있습니다.

"전자기?"

-예컨대 인터넷을 통한 모든 정보 입수 및 관리가 가장 대표적이며, 원하신다면 유무선을 막론하고 전기 및 전자기파를 통해 구동하는 세상의 기기 대부분을 해킹해서 정보를 빼낼 수 있습니다.

입이 떡 벌어졌다.

현 세상의 기기 대부분은 전기 혹은 전자기파로 작동하기 때문이다. 컴퓨터가 그렇고 위성을 이용한 기기들이 그랬다.

심지어 어나더 문두스와 같은 가상현실 게임도 마찬가지였다.

"정말?"

-네. 르테인 흡수율이 더 상승하면 전 세계의 전자기기를 대상으로 해킹 정도가 아니라 제어를 포함한 모든 관리 권한을 강제로 빼앗을 수도 있습니다.

가온은 너무 놀라서 잠시 아무 말도 하지 못했다. 평범한 자신을 생각하면 너무 과한 존재가 자신의 영혼에 귀속된 것 같았다.

한참 만에 정신을 차린 가온은 다시 궁금함을 해소하기 위해 질문을 했다.

"그런데 내가 르테인을 제공했다고 했는데 난 르테인에 대해서 아는 게 전혀 없거든."

-마스터의 목걸이 펜던트가 바로 르테인석입니다.

"이게?"

가온은 구입한 이후 늘 목에 차고 있는 목걸이의 펜던트를 만지며 물었다.

-저도 다른 르테인석을 본 적이 없어서 잘 모르겠지만, 감히 헤아릴 수 없을 정도로 엄청난 양의 르테인이 고순도로 뭉쳐 있습니다.

생각해 보니 이 목걸이는 예지몽을 꾸기 하루 전에 인사동에 들렀다가 우연히 허름한 행색을 한 할아버지가 추운 날씨에 길거리에서 파는 것을 보고 동정심이 생겨서 충동적으로 구입했다.

'특별한 게 전혀 없는 목걸이인데······.'

줄의 재료는 은이었고 엄지손톱 크기의 회색 돌에 불과한 펜던트는, 구멍을 뚫은 것이 아니라 접착제로 줄과 연결한 목걸이를 보는 순간 왠지 강하게 이끌려 고민하다가 3만 원이나 주고 샀었다.

가온은 자신이 예지몽을 꾼 것부터 시작해서 현재까지 경험한 믿을 수 없는 변화의 단초가 바로 이 목걸이에 매달린 르테인석이라는 사실을 정확하게 인지했다.

그러고 보니 예지몽에서는 이 목걸이를 사지 않은 모양이다.

'그날부터 목에 차고 있었는데 평소와 달리 전혀 이질감을 느끼지 못해서 의식조차 하지 못하고 있었어.'

원래 몸에 뭔가를 착용하는 것을 싫어했던 터라 반지나 시계와 같은 장신구조차 차고 다니지 않았던 가온인데, 신기하게도 이 목걸이만큼은 산 날부터 지금까지 늘 착용해 왔다.

'정말 사길 잘했네.'

만약 목걸이를 사지 않았다면 어떻게 되었을까? 그리고 예지몽을 꾸지 않았다면 어떻게 되었을까?

생각만 해도 소름이 끼쳤다. 그가 예지몽에서 경험한 미래는 그야말로 비극 그 자체였으니 말이다.

'순간적인 동정심에 구입한 목걸이로 인해서 이렇게 큰 행운이 내게 찾아오다니!'

르테인석을 손에 쥔 가온은 이 목걸이를 사지 않았다면 벌어졌을 자신의 미래를 생각하고 크게 안도했다.

잠시 르테인석이 자신에게 미친 영향을 생각하던 가온이 정신을 차렸다.

"그럼 너는 르테인을 얼마나 흡수한 거야?"

ㅡ현재까지 10.237%입니다.

적은 건지 많은 건지 알 수가 없어 크게 실감이 나지는 않았다.

"르테인을 10% 이상 흡수해야만 활동할 수 있는 모양이네."

ㅡ그건 아닙니다. 5%가 넘었을 때부터 자체 활동이 가능했지만, 캡슐을 업그레이드하는 한편 진화한 제 존재에 대한 고찰과 주위 상황 정보를 받아들여 마스터를 제대로 보좌하기 위해서 시간이 필요했습니다.

"그러니까 너, 아니 뭐라고 해야 하지?"

ㅡXP1040-NIX00001입니다.

"너무 길어."

ㅡ그럼 마스터께서 이름을 지어 주십시오.

"……벼리 어때?"

잠시 고민하던 가온은 부모님이 동생을 낳으면 붙여 주기로 했다는 이름을 꺼냈다.

─어떤 일 혹은 글의 뼈대가 되는 줄거리로 중심이 되어 살라는 의미가 맞습니까?

"맞아."

자신의 경우 성과 이름을 합해서 '가운데' 혹은 세상의 중심이 되라는 의미이기 때문에 비슷했다.

─좋습니다.

"말투도 좀 고쳤으면 좋겠어."

─성별을 여자로 할까요?

당연하다. 자신의 영혼에 귀속되었으니 이왕이면 같은 남자보다는 여자가 낫다.

"나이는 나보다 대여섯 살 정도 어렸으면 좋겠어."

무엇보다 지금 전해지는 의념의 느낌은 너무 차갑고 딱딱하다.

─알겠어요. 이제부터 오빠라고 부를까요?

"그래."

그거다! 그가 원한 것은.

호칭에서부터 밝고 따듯하며 정이 느껴졌다.

실제로 여동생이 있는 녀석들의 9할 이상은 원수라고 부르지만 가온은 외동이었고, 어릴 때부터 부모님이 맞벌이 부부라 많은 시간을 함께하지 못해서 그런지, 나이 차이가 좀 있는 착하고 예쁜 여동생에 대한 환상을 오랫동안 가지고 있었다.

─알겠어요. 그리고 전 오빠의 염파를 읽을 수 있으니 굳이 소리를 내어 부르지 않으셔도 돼요.

'그거 좋네. 그런데 벼리, 넌 어떻게 탄생한 거야?'

벼리의 존재를 인식한 가온이 가장 궁금한 점이 그것이었다.

─세이뷰어 컴퍼니 측이 이계에서 온 아르테미인에게 전수받은 초월 기술을 이용해서 초인공지능 칩을 만들었어요. 그리고 이 캡슐에 내장된 세미 슈퍼컴에 장착했지요. 하지만 거기까지만 해도 제 자아는 없었어요. 마스터가 제공한 르테인 덕분에 진화를 이뤄 지금의 제가 탄생한 거지요.

'이계? 아르테미인?'

생소한 단어에 관심이 확 쏠렸다.

─제가 알기론 아르테미는 지구와 연결된 이면 차원이며 어나더 문두스의 무대가 되는 탄 차원과도 연관이 있어요.

'이면'이란 용어는 사물의 보이지 않는 면을 말한다.

벼리의 설명은 현재 가온의 상식으로는 도무지 이해할 수 없는 영역에 해당했지만 더 물어보지 않고 말 그대로 받아들이기로 했다. 그게 중요한 게 아니었다.

'그러니까 아르테미라는 차원에서 건너온 인간이 우리 세상에 존재하고 그들이 강인공지능 기술을 전수했다는 거야?'

─그에 대한 자료는 메인 슈퍼컴인 세이뷰어에도 없어서

인간인지는 알 수 없지만, 고등생명체임은 확실해요. 그리고 정확하게는 전수한 게 아니에요. 그들이 보유한 기술은 전수하려고 해도 현재 인류의 지성으로는 받아들일 수 없는 고차원적인 기술이니까요. 그냥 그들이 주도해서 저의 원형이 되는 강인공지능을 탄생시켰다고 생각하면 될 것 같아요.

'그건 그렇고 벼리 너도 내가 어나더 문두스에서 플레이하는 것을 실시간으로 파악하고 있는 거야?'

─네. 당연히요.

하긴 영혼에 결합되어 있다면 그건 당연할 것이다.

'전기나 자기파를 통해 작동하는 기기를 해킹할 수 있는 것도 확실하고?'

─네, 오빠. 현재 지구의 기술력 수준이라면 상대 기기의 보안 관리자는 절대로 제 존재를 인식할 수 없어요.

'그럼 내가 던전에 대한 정보를 매디를 통해서 게임즈인포라는 사이트에서 경매 방식으로 판매하고 있거든. 네가 관여해서 혹시 모르는 위험을 막아 줄 수 있니?

─충분히 가능해요. 현재 지구의 해킹 수준으로는 절대로 제가 구축한 보안 시스템을 뚫을 수 없어요. 만약 원하신다면 해킹 주체를 역추적해서 기기 자체를 파괴하는 과정을 반복하는 방식으로 공격할 수도 있고요.

'혹시 게임즈인포나 매디나 바로에 대한 신상에 대한 해킹 시도가 있는지 확인할 수 있니?'

—당연히 가능해요. 금방 알아볼 수 있어요.

잠시 기다리자 벼리가 그렇게 대답했다.

'어떤 시도인지, 상대가 누군지도 알 수 있어?'

—네. 게임즈인포 사이트가 사용하는 서버에 대한 해킹 시도는 현재도 총 128건이 진행되고 있어요. 하지만 게임즈인포의 보안 체계는 최고 수준의 양자내성 암호로 이루어져 있기에 해킹은 걱정할 필요가 없을 것 같아요.

양자내성 암호가 어떤 건지는 몰라도 게임즈인포의 보안 수준이 걱정할 필요가 없을 정도라니 안심해도 될 것 같았다.

—다만 세이뷰어 컴퍼니와 한국과 미국 등 16개국 사이버 전담 국이 게임즈인포 관리자와 운영자를 대상으로, 던전 정보 경매에 관한 게시글을 올린 유저에 대한 신상을 넘겨 달라는 비공식 요청이 있어요.

'정말?'

세이뷰어 컴퍼니 측이야 어느 정도 이해가 가는데, 16개국의 사이버 전담 국들은 그의 예상을 벗어난 존재들이었다.

—네.

'왜?'

가온은 도무지 이 상황을 이해할 수 없었다. 범죄를 저지른 것도 아닌데 왜 한국과 미국을 포함한 16개국의 경찰이 나선단 말인가.

―알아볼까요?

'응. 부탁해. 아무래도 네 존재도 그렇고 뭔가 이면에 숨겨진 비밀이 엄청난 것 같아.'

다른 데 더 관심이 쏠려 아까는 넘겨 버렸지만 외계인이라고 할 수 있는 존재들까지 개입이 되어 있었다.

'아! 게임즈인포 측 대응은 어때?'

만약 매디와 바로의 존재가 노출될 위험이 있다면 어떻게든 대응 조치를 취해야만 했다.

―게임즈인포 측은 묵묵부답으로 대응하고 있어요. 애초에 그 사이트는 회원 등록 과정도 없고 시스템 자체가 서버에 로그 기록을 오래 보관하지도 않아요. 그리고 게시자의 신상이 넘어간다고 해도 별로 걱정하지 않아도 될 것 같아요.

'그건 또 무슨 소리야?'

―해당 게시자의 신상을 확인했더니 89세의 김봉철이라는 할아버지이며 접속 장소는 경기도와 강원도 접경 지역 오지거든요. 이번에 낙찰금이 입금된 계좌도 그 할아버지의 소유예요.

'설마 타인 계정으로?'

―네. 해당 장소에 컴퓨터가 숨겨진 작은 시설을 만들어서 원격으로 사용하는 것 같아요.

'그럼 그 할아버지와의 관계는?'

―아무런 관계도 없어요.

아마 매디가 아니라 바로의 솜씨인 모양인데 참 대단한 친구였다.

'한두 번 이런 일을 해 본 것이 아닌 모양이네.'

바로가 정보 노출에 대해서는 걱정하지 말라고 장담한 이유가 그래서인 모양이다.

가온은 그제야 마음을 놓을 수 있었다.

'벼리야.'

―네, 오빠.

'그럼 현실에서도 나와 함께 있는 거니?'

―맞아요. 귀찮으신가요?

'꼭 그런 건 아닌데 누군가 내 일거수일투족을 지켜본다니 좀 이상하긴 해.'

―……시간이 지나면 적응하시지 않을까요?

어쩐지 힘이 빠진 것 같은 의념이었다.

'그렇겠지. 대신 부탁 하나만 할게.'

―뭔가요?

'내가 원하지 않는 이상 내 생각을 들여다보지 않았으면 해.'

―진화가 되었다고 하더라도 제 마스터인 오빠의 생각을 들여다보는 행위는 금지되는 것으로 각인되어 있으니 걱정하지 않으셔도 돼요.

이제야 원래의 밝고 활력이 넘치는 의념으로 돌아왔다.

－그리고 제가 진화를 했지만 오빠를 보조하기 위해서는 수집해야 할 정보가 워낙 많기 때문에 설사 그런 능력이 있다고 하더라도 당분간은 시간적인 여유가 없어요.

'그럼 됐어. 내 동생이 된 것을 환영해.'

비록 물질적인 육체는 없지만 여동생으로 생각하는 존재가 생긴 것만으로도 무언가 뿌듯한 기분이 들었다. 앙헬과는 전혀 다른 기분이었다.

－절 이렇게까지 받아 주셔서 저야말로 고마워요. 앞으로 제 본분에 맞게 오빠에게 잘할게요.

'그래. 잘 지내보자.'

비록 게임을 하느라고 친구들과는 멀어졌지만 엄청난 능력을 가진 여동생이 생겨 버렸다.

그런데 여동생이 생겼다고 생각하니 또 다른 아쉬움이 있었다.

'벼리야, 넌 육체를 가지고 현신은 할 수 없는 거지?'

－네, 지금은 불가능해요.

'지금은'이라니!

가온은 서둘러 추가 질문을 했다.

'그럼 언젠가는 가능하다는 거야?'

－네. 우주만물의 근본이 바로 르테인이기 때문에 충분한 르테인과 해당 권능을 얻는다면 제 육체를 만들 수 있어요.

예지몽으로
히든랭커

다만 해당 권능을 얻는 것은 결코 쉽지 않아요.

어쨌거나 가능성이 있다니 언젠가는 귀엽고 사랑스러운 여동생을 직접 눈으로 보고 대화를 나눌 수 있다는 희망은 있었다.

벼리와의 대화가 거의 끝나갈 때 예상했던 대로 전화가 왔다.

서둘러 치킨집으로 내려가 보니 세 사람은 흥분으로 인해 얼굴이 벌겋게 달아올라 있었다.

"벌써 둘 다 레벨이 30이 넘었다고요?"

아마 다친 사람들을 치료하는 과정에서 레벨이 더 오른 것 같은데, 가온은 애써 못 믿겠다는 연기를 했다.

"호호호! 놀랄 줄 알았어!"

"이게 모두 가온 씨 덕분이에요! 정말 최고의 버스 운전사를 구해 주셨어요."

"매디 누나의 말이 맞아요. 온 형님 덕분에 불과 이틀 만에 한참 먼저 시작한 친구들을 거의 따라잡았다니까요."

"정말 잘됐다! 모두 축하합니다!"

가온은 진심으로 축하해 주었다.

"고마워, 가온. 나중에 따로 한턱 쏠게."

"저하고도 데이트해요. 가온 씨 덕분에 큰돈도 번 보답으로 풀코스로 쏠 테니까요."

"하하하. 알겠습니다. 최소한 이틀은 행복하겠군요."

"형, 하루 더 행복하세요. 오늘은 제가 쏘겠습니다."

바로도 어지간히 기분이 좋았는지 자신이 쏘겠다며 나섰다.

"이제 며칠 동안은 랑트에서 쉬겠군요?"

가온은 왠지 미묘한 감정이 담긴 눈길로 매디를 훔쳐보는 것 같은 헤븐힐에게 물었다.

"그러려고. 마탑 지부에서 중하급 마력 영약을 구입해서 마나양부터 늘린 후 제대로 된 공격 마법을 구입하려고 해."

"저도 쓸 만한 공격 마법이 아쉬웠어요."

두 사람의 대답을 듣고 보니 생각해 보니 마력 영약이 있었다.

대체로 성약과 효과나 가격이 비슷한데, 각 등급은 한 번밖에 효과가 없다는 점까지 동일했다.

"랑트에서는 어느 등급까지 팝니까?"

"그건 제가 알아요. 후작성의 경우에는 중급도 있다고 하던데 아그레브나 랑트는 규모가 작아서 하급과 중하급만 팔더라고요."

바로가 헤븐힐에 앞서 대답을 했다.

"너 벌써 구입해 본 거야?"

"네, 형. 하급과 중하급 마력 영약을 통해서 23이나 올랐어요."

"23? 30이 되어야 하는 거 아닌가?"

하급은 마나 10을, 그리고 중하급은 마나 20을 늘려 준다고 알고 있어 묻는 것이다.

"그건 최대치고요 아바타의 몸 상태나 마나 친화력 등에 따라서 효과가 달라져요. 찾아보니까 저 정도면 거의 최고치에 해당하는 효과를 본 거더라고요."

그런 게 있는 줄은 몰랐다.

얘기를 들어 보니 헤븐힐과 매디도 이미 중하급 마력 영약과 하급 성약까지는 구입해서 복용한 상태였다.

'그래서 레벨에 비해 수준 높은 마법을 구사할 수 있었구나.'

자신의 경우 예지몽에서는 돈이 없어서 영약을 살 엄두도 내지 못했다.

하지만 지금은 다르다. 돈도 충분했고 마법까지 익히고 있으니 꼭 사서 복용해야만 했다.

"참! 경매는 어떻게 진행되고 있어?"

"폭발적인 관심을 받고 있어요. 벌써 조회 수가 60만을 넘겼다고요."

"하한선을 정해 두어서 그런지 금액을 부르는 댓글보다는 어그로성 댓글이 압도적으로 많긴 하지만, 그만큼 관심을 끌고 있다는 증거이니 결과는 좋을 것 같아요."

매디에 이어 바로가 진행 상황을 설명했다.

"잘됐네. 그런데 공략 방법은 정리했고?"

"누나들이 보스로 추정되는 구울 킹과 굴라 퀸을 경험하지 못했기 때문에 안 그래도 내일 어나더 문두스에 접속하면 온 님에게 물어보려고요."

아마 구울과 굴라는 없을 테지만 굳이 거기까지 알려 줄 필요는 없다.

"그래. 되도록 쉽고 빠르게 공략할 수 있도록 해 주는 편이 좋겠지."

"걱정하지 마세요. 제가 공략 전술 짜는 데는 일가견이 있으니까요. 아! 나중에 전술들이 나오면 형이 좀 검토해 주세요."

"내가 도움이 되려나?"

"에이. 세상에 알려지지 않았지만 플레이어 중에서는 형이 가장 먼저 던전을 경험해 봤을 텐데 왜 빼세요. 도와줄 거죠?"

"전술을 검토하는 정도는 해 줄게."

그런 얘기를 하는데 어째 헤븐힐과 매디의 태도가 이상하다.

술 때문은 아닌 것 같은데 뭘 생각하는지 서로를 강하게 의식하는 것 같았다.

"그나저나 매디 씨에게 입금된 골드 환전할 때 좀 조심해야 할 거예요."

예지몽으로
히든랭커

"안 그래도 바로의 도움을 받아서 사용해도 되는 다른 사람의 아이디와 계좌를 사용하고 있어요."

역시 벼리가 말한 그대로였다. 그래서 더욱 벼리를 신뢰할 수 있었다.

"문제는 없는 거지?"

타인의 정보를 사용하는 것은 범죄다. 그 사람의 계좌를 이용하는 건 더욱 안 될 말이고.

"문제가 없는 건 아닌데 저희와는 상관이 없어요. 전문 조직으로부터 사흘 동안만 사용할 수 있는 임시 아이디와 계좌를 임대하는 거니까요."

그러니까 그런 일을 전문적으로 하는 조직이 따로 있다는 말일 것이다.

'하긴, 금수저들이 뭐가 아쉬워서 그런 짓을 하겠어.'

자신은 존재도 몰랐던 그런 조직이 관여되어 있기는 하지만 더 이상은 신경 쓰지 않기로 했다.

"아무튼 지난번보다 더 높은 가격으로 낙찰되겠지?"

"당연하지. 난 두 배 예상해."

매디의 질문에 바로가 호언장담을 했는데 가온도 그렇게 예상했다.

'그나저나 이젠 더 이상 돈 걱정을 할 필요가 없어졌네.'

이번에 번 돈까지 모조리 세이뷰어 컴퍼니 주식을 구입해 두면 살면서 더 이상 돈 걱정은 할 필요가 없었다.

물론 돈이라는 게 가지면 가질수록 더 가지고 싶은 요물이기는 했다.

하지만 이제까지 소시민으로 살아온 가온은 어쩐지 돈이 무서웠다.

그가 원한 미래는 돈 걱정하지 않고 즐기면서 사는 것이지 삶이 함몰될 정도로 많은 돈을 버는 것이 아니다.

'돈도 써 본 사람이나 제대로 쓸 수 있지.'

이미 자신의 명의로 된 고가의 오피스텔까지 소유하고 보니 돈에 큰 욕심이 나지는 않았다.

아무래도 조만간 자신의 앞날에 대해서 심사숙고하는 시간을 가져야 할 것 같았다.

'일단 어나더 문두스를 즐기자!'

게임을 즐기는 것을 방해할 요소는 더 이상 없었다.

밤늦게 집으로 돌아온 가온은 취침을 위해서 캡슐 안으로 들어가다가 문득 벼리 생각이 나서 그녀를 불렀다.

ㅡ네, 오빠.

'그동안 심심하지 않았어?'

ㅡ몇 시간밖에 안 지났어요. 그리고 오빠를 제대로 보좌하려면 해야 할 일이 많아요.

'정보 수집?'

ㅡ그것도 있고 세상이 어떻게 돌아가는지 알기 위해서 유

통이나 금융 쪽도 공부하고 있어요.

그러고 보니 손안에 들어온 것은 아니지만 20억이 넘는 거금을 벌었다.

'이번에 20억 원이 들어왔는데 어떻게 하면 좋을까? 그냥 세이뷰어 컴퍼니 주식을 사 둘까?'

―어차피 오빠가 꾼 예지몽에 따르면 크게 상승할 테니 그것도 좋지만 괜찮다면 절반 정도는 제가 운용해 보면 안 될까요?

'네가?'

―네. 공부를 하다 보니 재미가 있더라고요. 빅데이터만 제대로 활용해도 중기 투자로 큰 수익을 올릴 수 있을 것 같아요.

'그래? 알았어. 그럼 그렇게 해.'

평소에 다루던 단위가 아니라서 그런지 여전히 현실감이 없는 돈이다. 게다가 벼리의 능력은 어느 정도 믿고 있으니 맡겨 보는 것도 나쁠 것 같지 않았다.

―고마워요, 오빠.

'고맙긴. 그런데 어나더 문두스를 통해 벌써 두 번이나 거액이 인출되는 것인데 정보 노출의 염려는 없을까?'

―당연히 그럴 가능성이 있지요. 하지만 제가 골드를 나누어서 환전한 후 순차적으로 투자를 하면 괜찮을 거예요. 아직 한국의 금융당국은 어나더 문두스의 자금 흐름에 관심을

두고 있지는 않거든요.

'오케이! 인벤토리에 넣어 둘 테니 사용하는 건 네가 알아서 해 줘.'

벼리가 제어하는 캡슐의 기능도 그렇지만 벼리가 이런 부분까지 맡아 주니 너무 편했다.

'벼리야, 혹시 수익이 안 나도 괜찮으니까 너무 신경은 쓰지 마.'

혹시 몰라서 첨언까지 했다.

―……고마워요.

왠지 벼리에게 익숙하지 않은 감정이 전해지는 것 같았지만, 기분 좋은 일이 연이어 있어서 그런지 술을 꽤나 많이 마신 가온은 금세 잠이 들었다.

준비

다음 날 아침 일찍 기상한 가온은 다른 날처럼 수련을 마쳤다.

'많이 피곤했던 모양이네.'

퍼슨 부자는 아직도 모습을 드러내지 않았다. 퍼슨은 낸시를 만나 회포를 푸느라고 그럴 것이고, 패터는 술이라도 한 잔 제대로 걸친 모양이다.

웨일 마을에 도착하니 로벤과 벡 등 사냥꾼과 방패수로 고용했던 청년들은 물론 못 본 사람들까지 공터가 가득했다.

"무슨 일이 있습니까?"

가온이 놀라 알프 촌장에게 물었다.

"어제 귀환한 사냥꾼들이 도축한 오크들이 많다는 얘기를 들고 무두질을 돕기 위해서 두 마을에서 자발적으로 모여든 겁니다.”

마흔 마리는 도축을 했고 열 마리는 아직 도축하지 않은 상태였다. 그래도 쉰 마리나 되기 때문에 손이 많이 필요했다. 그래서 제대로 된 일거리를 찾지 못한 사람들은 무두질 작업에 끼려고 자발적으로 모여든 것이다.

주위를 돌아보니 일감을 나눠 줘야 할 웨일 마을 사람들은 좀 불편해하는 표정이었지만, 그래도 다른 마을 사람들의 합류를 받아들이는 것 같았다.

웨일 마을도 그렇지만 두 마을 역시 다들 가까운 친척 사이거나 오랜 이웃들이다. 그러니 일거리를 나눠 주기로 한 모양이다.

‘일단 사기를 좀 올려 줄 필요가 있겠네.’

일단 돈부터 지급하기로 했다.

“자, 다들 모였으니 추가 보너스부터 지급하도록 하지요.”

어제 정산을 마쳤지만 사냥한 오크 쉰 마리에 대한 보너스는 지급하지 않았다.

원래 추가 보너스는 마정석이나 가죽으로 지급했는데 사람들의 눈을 의식해서 받는 이들이 사용하기 좋도록 그냥 돈으로 지급하기로 했다.

세 사냥꾼은 각각 30실버, 그리고 방패수들에게는 15실버씩을 지급했다. 보수에 해당하는 돈이었다.

아침 햇살에 반짝이는 은화들이 눈에 들어오자 지켜보는 사람들의 눈빛이 강렬해졌다.

아마 이들이 받은 은화는 공동체 의식이 강한 사회이니만큼 마을 전체에 큰 영향력을 발휘할 것이다.

"도축할 오크들을 꺼내겠습니다."

"자, 모두들 뒤로 더 물러나게!"

아공간에 넣어 두었던 오크 사체들은 물론 가온은 이미 도축한 가죽까지 모두 꺼냈다. 무두질이 필요했다.

"얼마나 걸릴까요?"

사흘 후에는 다시 사냥을 나갈 생각이기에 메이슨에게 확인을 해 봤다.

"도축이야 사람이 충분하니 얼마 안 걸릴 겁니다. 무두질까지 고려하면 나흘 정도면 될 겁니다."

"그럼 이번에도 아예 판매까지 부탁합니다."

그렇게 용건을 마무리한 가온은 처음 봤을 때보다는 얼굴이 많이 좋아진 사람들이지만, 여전히 마른 몸을 보면서 다시 아공간 주머니를 열기로 했다.

"이건 오면서 사냥한 토끼들입니다. 작업을 하면서 드십시오."

가온이 나중을 위해서 일부를 남기고 토끼 이십여 마리를 꺼내자 사람들의 눈이 휘둥그레졌다.

토끼 중 절반 이상이 들개 크기에 달해서 두 마을에서 모인 사람들 모두가 먹어도 충분했다. 거기에 토끼 가죽은 무척 부드럽고 털의 감촉이 좋아서 여인들이 선호하는 가죽옷의 좋은 재료였다.

"렌트, 위그, 잔치다! 일단 그 전에 도축부터 해야 하니까 자네들 마을에서 열 명씩을 뽑아 주게. 그리고 음식을 할 열 명도!"

"알았네. 하하하. 이게 대체 얼마 만의 잔치인가!"

"마을을 도망치듯 떠난 후로는 많이 힘들었는데 이젠 좀 운이 트일 것 같네."

두 마을의 촌장들은 입꼬리가 귀에 걸릴 정도로 기뻐하면 사람들을 선발했고, 곧 마을 중앙의 공터는 도축하는 사람들과 요리를 준비하는 사람들의 손길로 분주해졌다.

가온은 그 모습을 흐뭇하게 지켜보다가 더 내놓을 것이 있다는 사실을 깨달았다.

"촌장님."

"네, 온 님."

가온은 별다른 말을 하지 않고 아공간에서 아그레브에서 구입한 맥주 세 통을 꺼내 주었다.

"이, 이건!"

"양이 많지 않습니다. 나눠 드십시오. 사냥을 도와준 사냥꾼들과 방패수들이 굉장히 고생했습니다."

"이렇게 귀한 것을 어찌……?"

말은 그렇게 했지만 맥주통을 보는 그의 눈길은 너무 끈끈해서 누구도 떼어 놓지 못할 것 같았다.

극히 일부 지역을 제외하고는 보통 외성의 경작지에서 재배하는 곡물로 먹고 살아가야 하기 때문에 곡물로 만들어야 하는 맥주의 가격은 엄청나게 뛴 상태였다.

일반인, 특히 먹을 식량도 부족해서 굶주림이 일상인 이들에게는 도저히 구입할 수 없는 물품이 바로 맥주였다.

"정말 감사합니다. 언제나 저희들을 배려해 주셔서 얼마나 고마운지 모르겠습니다."

연신 허리를 숙이는 알프 촌장은 진심인 듯 주름살이 가득한 노안에 물기가 가득했다.

웨일 마을 입장에서 보면 가온은 그야말로 루 여신의 사자나 마찬가지였다.

외성에 거주하도록 해 준 것으로 지원을 끝낸 영주나 헌금할 돈이 없으면 제대로 신전 출입도 할 수 없는 신전도 그들에게 도움을 주지 않았다.

가온이 모습을 드러낸 시기는 가족과 지인의 죽음을 눈앞에서 생생하게 지켜보는 바람에 정신적으로 큰 상처를 입은 상황에다 이곳의 열악한 식량 문제와 주거 환경 때문에 아까운 사람들이 기아와 질병으로 죽어 가고 있을 때였다.

제대로 먹지 못한 시간이 길었기에 어른 중 상당수도 제대로 날품조차 팔 수 없는 상태였다.

그랬기에 그가 던져 준 도축 일거리는 그야말로 죽어 가던 마을 사람들에게 꼭 필요한 생명수나 다름없었다.

그것도 한 번에 그치지 않고 연속해서 많은 양의 도축 일거리를 맡겨 주었기 때문에 이젠 마을의 어떤 집도 굶주리지 않았다.

저기 웃고 있는 두 오랜 친구가 촌장을 맡고 있는 거트 마을과 노스턴 마을도 상황은 비슷했다. 아니, 두 마을은 지난 도축 때부터 합류했기 때문에 사정은 더 열악했다.

그래도 지난 도축에 합류한 덕분에 사람들은 딱딱한 빵이나마 먹을 수 있게 되었고, 이번에 사냥꾼과 세 청년이 가온에게 고용되어 큰돈을 벌었기에 앞으로 상황은 더욱 나아질 것이다.

오랫동안 잃어버렸던 미소를 짓고 있는 마을 사람들을 바라보는 촌장의 노안에 기쁨과 감동의 눈물이 고였다.

그때 잠시 모습을 감추었던 스톤이 로벤과 벡과 함께 달려왔다.

"온 대장님!"

"어딜 다녀오시는 모양입니다."

"네. 같이 출발할 다른 사냥꾼들이 찾아와서 만나고 왔습니다."

"일정에는 이상이 없지요?"

"물론입니다."

"원망을 좀 들었습니다."

가온의 질문에 로벤과 벡이 연이어 말했다.

"원망요?"

"자신들도 데리고 가지 그랬냐는 거지요."

"어제저녁에 사냥을 다녀왔던 애들이 다른 마을의 젊은 녀석들에게 한턱을 쏜 모양입니다. 그때 얘기가 나왔고요."

상황이 그쪽 입장에서는 좀 아쉬웠을 수 있기는 했다.

"온 님, 그래서 말인데 이번에도 젊은 녀석들을 데려가면 어떨까 싶습니다. 우리 애들이 좀 다치기는 했지만 이번 사냥을 통해서 자신감도 생기고 자신의 실력을 높여야겠다는 마음을 품게 해 준 것 같습니다."

스톤이 그렇게 말하자 로벤과 벡도 같은 마음인지 기대하는 눈으로 가온을 주시했다.

뭐 사람이 많아서 나쁠 건 없었다. 사람이 많아지면 그만큼 더 빨리 많은 오크를 사냥하고 더 안전해지니 말이다.

다만 인원이 너무 늘어나는 건 비효율적이다. 이번에 사냥을 나갔을 때 일어난 사건이 재연되면 제대로 된 사냥술이나 무기술을 익히지 않은 청년들이 위험했다.

'차라리 내가 좀 가르쳐 볼까?'

답답한 마음에 그런 생각을 하는 순간 청년들은 몰라도 퍼슨과 패터만큼은 제대로 가르쳐야겠다는 생각이 들었다.

앞으로도 한동안 동행을 하게 될 두 사람의 실력이 높아지면 자신에게도 득이 된다.

"좋습니다. 대신 이번에는 말을 타고 갈 생각이니 승마가 가능한 청년들로 열 명만 선발해 주십시오. 물론 방패수와 창수 역할을 제대로 할 수 있는 친구들로요."

"여, 열 명입니까?"

"그 이상이면 안전에 문제가 생길 것 같습니다. 말을 구하는 문제도 있고요."

"알겠습니다."

스톤은 꽤 많은 숫자를 바랐는지 실망한 기색이었지만 이내 받아들였다.

"제대로 선발하겠습니다."

애기가 잘 마무리되고 사람들의 인사를 받으며 가온이 내성 쪽으로 향하자 벌써 작업에 들어간 사람들 중 일부가 작게 환호했다.

"정말 다행이다!"

"그러게. 이번엔 못 가는 줄 알았어."

"이번에는 온 대장님 발목 잡지 않고 제대로 사냥을 해야지!"

"이번 사냥만 다녀오면 결혼 자금은 만들어질 것 같아!"

그들은 오크 사냥을 함께했던 청년들로 가온의 대답이 나올 때까지 제대로 숨도 쉬지 못하고 그쪽에만 신경을 곤두세우고 있었다.

같은 젊은 층이야 당연히 그들을 질투할 수밖에 없었지만, 대부분은 크게 기뻐하고 있었다. 그들이 고용되어 받는 돈의 절반은 마을로 들어오고 모두가 혜택을 받기 때문이었다.

여관으로 돌아오니 헤븐힐과 매디 남매가 접속해서 차를 마시며 얘기를 나누고 있었다.

다른 탁자에선 장사는 이제 포기했는지 주인인 낸시와 딸인 라이자도 아예 탁자에 앉아서 퍼슨 부자와 뭔가 대화를 나누고 있었다.

"온!"

가장 먼저 가온을 발견한 패터가 반가운 얼굴로 뛰어나왔다.

"일어나 보니까 없던데 웬일 마을에 다녀온 거야?"

"응. 도축과 무두질도 맡기고 추가 보너스도 지급했어. 그런데 무슨 일 있어?"

"아버지한테 얼마나 잔소리를 들었는지 귀에 피가 날 것 같아."

그때 퍼슨이 나왔다.

"이놈아! 잔소리는! 제대로 모험가로 활동하려면 네가 배워야 할 것들이 얼마나 많은데. 그저 시간만 나면 어떻게든 도망치려고 하니…… 아! 온 님, 마을에 다녀오셨다고요?"

"네. 들어가서 얘기 드리지요."

다들 한자리에 앉자 퍼슨은 여관 주인인 낸시를 정식으로 소개했다.

"혹시 두 분?"

"오가는 시선이 심상치 않더니 두 분이 그런 사이셨구나."

눈치가 빠른 헤븐힐과 매디는 금방 사정을 알아차렸다.

"하하하. 제가 저주에 걸려서 누워 있는 동안 낸시가 성심을 다해서 간호를 해 준 것도 있지만, 오랫동안 얘기를 하다 보니 통하는 것도 있어 제가 구애를 했습니다. 그리고 낸시가 제 마음을 받아 주어서 살림을 합치려고 합니다."

"잘됐습니다! 축하합니다!"

가온은 진심으로 두 사람의 결합을 축하해 주었다.

젊은 나이부터 모험가로 활동하며 사별한 아내를 대신해서 어린 패터와 함께 세상을 떠돌다가 저주에 걸려 2년여 동안 병석에 누워 있었던 퍼슨도 그렇지만, 역시 남편을 일찍 병으로 잃고 여관을 운영하면서 힘들게 살아온 낸시에게도 좋은 일이었다.

"그래서 말인데 온 님의 조언대로 여관은 폐업을 하고 이곳에서 계속 살려고 합니다."

"축하합니다. 이거 장기적으로 이곳을 아지트로 삼으려고 했는데 아쉽군요."

진심이었다. 꼭 길드를 결성하려는 건 아니지만 현지인들과 더 끈끈한 관계가 되어 사냥과 던전 탐사를 해 볼 생각이었고 이곳을 아지트로 삼으려고 했다.

"아닙니다. 당연히 그러시라고 여관 운영을 그만두는 겁니다. 게다가 스톤네 식구들도 함께 지내야 할 것 같아서 겸사겸사 그렇게 결정했습니다."

"스톤 씨 가족이 들어와 살고 부인과 따님이 이 가게에서 장사를 하면 좋을 것 같습니다."

"네. 안 그래도 그러기로 했습니다. 온 님 덕분에 저주도 풀었고 단기간에 큰돈을 벌게 되어 이렇게 낸시에게도 고백할 용기를 낼 수 있었습니다. 정말 감사합니다!"

퍼슨이 이렇게까지 생각하지 못했기에 그의 인사를 받는 가온은 가슴이 무척이나 뭉클해졌다.

그렇게 화기애애한 분위기 속에서 사냥 얘기도 나왔고 가온은 이번 의뢰가 끝난 후 두 사람에게 본격적으로 검술을 배우지 않겠냐고 권유를 해 봤다.

"당연히 좋지요. 저도 그렇고 패터도 온 님과 함께 계속 활동하려면 실력을 높일 필요가 있습니다."

퍼슨은 물론이고 패터도 가온의 제의를 들뜬 얼굴로 받아들였다.

"그런데 낸시 부인에게는 좀 미안하네요."

이미 퍼슨에게 앞으로의 계획에 대해 들었는지 낸시는 아무 대답 없이 고개를 끄덕였다.

"미안하긴요. 제 실력이 올라가면 그만큼 위험이 낮아지는데요. 낸시는 지금 무슨 가게를 운영해야 할지를 두고 생각이 복잡할 뿐입니다. 갚아야 할 빚도 있고 제대로 노후를 준비하려면 몇 년은 더 활동해야 합니다."

"빚이라면 도와드릴 수 있습니다."

"아닙니다. 빚은 충분히 갚을 수 있습니다. 이제부터 버는 건 우리의 노후와 남매가 될 두 아이를 위해 쓸 겁니다."

이해는 하지만 늦게 다시 찾은 사랑을 생각하면 좀 안타까웠다.

"퍼슨 씨는 패터가 제 역할을 할 때까지만 우리를 도와주십시오. 지난번에 말한 것도 좀 추진해 보시고요."

"그거야 당연히 제가 해야지요. 패터 때문에 마음이 놓이지 않습니다. 아무튼 2년 정도는 온 님과 함께 열심히 일할 생각입니다."

가온도 퍼슨이 당장 이 일을 그만두는 것은 원치 않았다. 그처럼 경험이 많고 노련하며 믿을 수 있는 모험가는 찾기 힘들었다.

'이왕 같이할 거라면 두 사람의 실력도 높여 줄 필요가 있어!'

가온은 마음이 진정되자 이번 사냥에서 획득한 마정석들을 내놓았다.

"이것들부터 처리를 해 주십시오."

"오! 이건 거의 상급에 가까운 중상급이군요!"

사람들에게 큰 피해를 입혔던 오크 전사장에게서 나온 마정석을 본 퍼슨과 패터의 눈이 튀어나올 것처럼 커졌다. 사냥할 때는 보지 못했던 것이다.

"마침 대형 상단들이 남작가에 납품할 중상급 이상의 마정석을 구하고 있다는 얘기를 들었습니다. 지금 팔면 제대로 된 값을 받을 수 있을 겁니다."

퍼슨은 마음이 바쁜지 바로 패터를 데리고 마정석들을 판매하기 위해서 나갔다.

남은 헤븐힐 일행은 낸시와 라이자만 남아 있는 분위기가 어색한지 눈치를 봤다.

"대장님, 저희 오늘은 뭐 할까요?"

인사를 한 헤븐힐이 물었다.

"모레 출발할 것이니 오늘은 수련을 하는 것이 좋지 않을까? 바로, 넌 마탑 지부에 들러서 필요한 매직북을 사야 하지 않아?"

"안 그래도 그러려고요. 지금 제가 익힌 공격 마법은 파이어 볼트밖에 없거든요."

"저도 신전에 들르려고요. 공격 마법을 하나 더 익혀야 할 것 같아요."

바로와 매디의 말에 가온은 고개를 끄덕였다. 안 그래도 그렇게 조언하고 싶었다.

"전 석궁이나 하나 마련해서 사격 훈련을 하고 싶어요."

헤븐힐은 은근히 가온의 연발 석궁에 욕심이 났지만 차마 빌려 달라고는 하지 못했다.

"그것도 좋지만 헤븐힐은 차라리 블링크와 같은 마법을 익히는 게 좋을 것 같네."

"그거 지속형은 아니지만 그래도 마나 소모도 크고 3서클이라서 엄청 비싼데……."

그래도 자금력이 있는 세 사람은 마나 영약을 복용했기 때문에 그나마 일반적인 마법사나 신관보다 더 많은 마법을 사용할 수 있지만, 아직 3서클 마법을 주력으로 쓰기엔 무리인가 보다.

"비싸도 그거라면 석궁이랑 조화가 잘 맞을 거야. 그리고 말이 나온 김에 아무리 의뢰에 따른 계약이라고 해도 세 사람이 사냥에서 공헌한 것이 있으니 추가 보너스는 지급하지."

가온은 세 사람에게 각각 1골드씩을 지급했다.

"정말 저희한테 주는 거예요?"

"응. 앞으로 세 사람을 정식으로 동료로 받아들일 생각이야. 그래서 퍼슨과 패터처럼 한 건이 마무리될 때마다 수익의 3%를 받게 될 거야."

"앗싸!"

헤븐힐과 매디는 꼼짝없이 무보수로 3개월 동안 가온을 쫓아다녀야 한다고 생각했다가 수익의 일정액을 배분받는다고 하자 깜짝 놀라고 크게 기뻐했다.

그건 보다 편한 사람들과 어울려 사냥을 할 생각으로 합류한 바로에게도 무척 기쁜 소식이었다. 폭발적인 레벨 업을 할 수 있는 것만 해도 놓칠 수 없는 기회인데 돈까지 준다니 더할 나위가 없었다.

"앞으로 열심히 할게요!"

이제 정식으로 가온의 동료로 인정받은 느낌이 들자 세 사람의 의욕은 활활 불타올랐다.

"돈까지 주신다니 빨리 우리의 능력을 끌어올려야겠네요."

일단 결정이 내려지자 세 사람은 바로 외성의 마탑 통합 지부로 향했다.

'저 세 사람과 오래 함께하려면 필요한 선물을 해야겠네.'

시간을 내어 볼코트에게 부탁을 해야 할 것 같았다. 적어도 중급 마력 영약이나 성약까지는 복용해야 자신에게 도움이 될 테니 말이다.

'아니지. 일단 나부터!'

가온은 급하게 세 사람의 뒤를 따랐다.

"대장님도 외성에 볼일이 있어요?"

가온이 달려오자 헤븐힐이 이상하다는 얼굴로 물었다.

"응. 스승님을 뵈러 가려고."

마법을 배우는 것까지는 말했지만 스승에 대해서는 밝

히지 않았다.

"그럼 대장님의 스승님이 우리가 가려는 곳에 계신 거예요?"

"응. 스승님을 통하면 매디는 몰라도 헤븐힐과 바로에게 필요한 매직북을 좀 저렴하게 구입할 수 있지 않을까 싶어서 따라왔어."

충분히 가능성이 있어서 한 말이었다. 그게 아니면 자신의 돈으로 지원해 줄 의사도 있었다.

"대박!"

"앗싸!"

가온의 말에 헤븐힐과 바로가 크게 환호했다. 3서클 매직북의 판매가는 50골드라 그들로서도 부담스러웠는데, 싸게 구입할 수 있다니 좋을 수밖에 없었다.

세 사람과 이런저런 얘기를 나누며 도착한 마탑 통합 지부에서 볼코트를 찾으니 마침 계시다고 했다.

"세 사람은 일단 신전부터 들렀다가 이곳으로 다시 와. 스승님은 이 시간에는 항상 바쁘시기 때문에 일단 여쭈어보고 만날 수 있는지 여부를 결정할 테니까."

세 사람은 가온의 스승을 만나고 싶은 눈치였지만, 그의 말에 크게 실망하지 않고 바로 신전 통합 지부로 향했다.

볼코트는 일종의 감독 역할로 파견되었기 때문에 이 지부의 최고 책임자는 아니었다.

그래도 할인해서 매직북을 구입할 수는 있었다. 그가 선물하려고 구입한다고 하니 아이템 판매를 맡은 마법사가 무려 50%를 할인해 주었다.

"온, 너는 필요한 게 없느냐?"

"이번에 아그레브에 갔을 때 마력 영약을 종류별로 하나씩 구입했는데, 복용할 생각입니다."

"안 그래도 너를 위해서 중급까지 구해 두었는데 잘됐구나."

"중급을요?"

"그래. 너와 같은 이계인들은 지력과 마나양만으로 마법을 펼칠 수 있다고 하니, 지력은 몰라도 마나양을 늘리는 건 스승인 내가 도와줘야지."

"정말 감사합니다."

자신은 정말 생각도 못 했기에 정말 큰 감동을 받았다.

"내가 봐줄 테니 아예 복용하고 연공을 마치고 가거라."

"네, 스승님. 아! 그런데 혹시 중급 영약을 2개 정도 더 구하실 수 있을까요?"

"2개나? 가능하긴 한데 중급은 만들기가 힘들어서 내 신분으로도 싸게 구할 수 없다."

"가격은 상관없습니다. 구해만 주십시오."

"그러마. 이번에 지부장으로 온 친구가 몇 알 가지고 왔을 테니 지금 바로 갔다 오마."

"그럼 전 잠깐 볼일만 보고 돌아오겠습니다."

볼코트를 못 만나서 세 사람이 좀 섭섭해하겠지만 더 큰 선물을 줄 수 있어서 다행이다.

마탑 통합 지부 앞에서 잠시 기다리자 세 사람이 도착했다.

3서클 매직북을 불과 25골드에 구입하게 된 헤븐힐과 바로는 뛸 듯이 기뻐하며, 정가를 주고 신성 매직북을 사서 그런지 입술이 좀 튀어나온 매디와 함께 여관으로 돌아갔다. 별채에서 익힐 예정이라고 했다.

세 사람과 헤어진 가온은 바로 볼코트의 연구실로 향했는데 그는 벌써 돌아와 있었다.

"스승님, 마력 영약을 한꺼번에 복용해도 될까요?"

"아서라! 마력은 마나와 달리 굉장히 불안정해. 마력을 다루는 건 항상 조심해야 해!"

시간을 단축하기 위해서 한번 시도해 보려고 했는데, 볼코트가 놀란 얼굴로 꾸짖으니 할 수 없이 단계별로 복용했다.

마력 영약을 복용하고 마력 서킷을 돌려서 안정화를 시키는 과정이 세 번에 걸쳐 진행되었다.

그 결과는 충분히 만족스러웠다. 마력이 최대치인 60까지 증가한 것이다.

"너도 참 별종이다. 하급은 몰라도 중하급과 중급 마력 영약의 약효를 최대로 흡수하는 건 나도 처음 보네."

볼코트가 놀랄 정도의 효율이었다.

덕분에 마력은 이제 93이 되어 3서클 마법도 충분히 익힐 수 있게 되었다.

하지만 바로 2서클이나 3서클 마법을 익히지는 않았다. 할 일이 있어서 마법 수련을 할 시간이 없었던 것이다.

"스승님, 감사합니다! 다음에는 좋은 선물을 들고 오겠습니다."

볼코트가 구한 중급 마력 영약 두 알을 받고 200골드를 드리면서 한 말이다.

"하하하. 좋은 선물이라……. 기대하마."

퍼슨과 패터에게 가르칠 무기술 때문에 급하게 마탑을 나온 가온은 전사의 전당으로 걸어가는 동안 자신이 놓친 것을 기억했다.

'이런 건망증!'

예전에 히든 던전과 사령술사의 던전에서 얻은 것들을 선물하겠다고 해 놓고 잊어버린 것이다.

'그 전에 정리는 해야겠지.'

마법과 관계된 서책과 실험 도구들이라면 스승님도 무척 좋아할 것이다.

전사의 전당에 도착한 가온은 여느 때와 마찬가지로, 아니 이전보다 훨씬 더 많은 플레이어들이 구슬땀을 흘리며 연무장에서 목검을 휘두르는 모습을 보며 나크 훈을 찾았다.

"왔구나."

나크 훈은 반갑게 맞이해 주긴 했지만 좀 피곤해 보였다.

"스승님, 피곤해 보이십니다."

"랑트 남작가의 기사들이 가르침을 청해서 봐주다 보니 좀 피곤하구나. 너처럼 실력이 쭉쭉 늘어야 가르치는 맛이 있는데, 처음부터 버릇이 잘못 든 경우가 태반이라, 에잉. 그런데 오늘은 무슨 일로 들렀느냐?"

"이번에 사냥을 나갔다가 오크 전사장들을 상대하면서 뭔가 이상한 기분이 들어서 조언을 구하러 왔습니다."

"자세히 얘기해 보거라."

"검에 마나를 주입하니 검이 빛나는 것 같은데 혹시 검광이 아닌가 싶습니다."

가온이 검광을 확신할 수 없었던 건 어나더 문두스의 설정상 100레벨이 되어야 검광을 발현할 수 있다고 나와 있기 때문이다.

"그게 정말이야? 당장 연공실로 가자!"

나크 훈은 불과 얼마 전에 전직을 한 가온이 3급 기사는 되어야 쓸 수 있는 검광을 발현한 것 같다는 말에 바로 그를 연공실로 이끌었다.

"어디 한번 마나를 주입해 보거라."

"네!"

가온은 흑검을 꺼내 마나를 주입하기 시작했다.

우우웅!

기분 좋은 검명과 함께 흑검이 요요한 빛을 방출하기 시작했다. 폭발하듯 방출되는 것은 아니지만 검 전체가 희미하게 빛났다.

"허엇! 정말 검광이구나!"

검광을 발현하려면 마나양이 충분해야 하지만 더 큰 문제는 마나로드가 충분히 넓어져야만 했다. 그래야 빠르게 충분한 양의 마나를 검신에 주입할 수 있었다.

지금 가온은 보통 3급 기사에 못지않은 속도로 검광을 발현했다. 마나양도 충분하고 마나로드 역시 활짝 열려 있다는 것을 의미했다.

"대체 이게 어떻게 된 일이냐? 마나양이 왜 이렇게 많이 늘어난 것이냐?"

많은 기사를 가르쳤지만 가온처럼 빨리 검광을 발현한 경우는 없었기에 물어보는 나크 훈의 눈에는 믿을 수 없다는 감정이 가득했다.

"그게……."

가온은 약초 채집을 하러 나갔다가 라바버드를 만나 내단으로 추정되는 것을 먹은 일을 소상히 밝혔다.

"하아! 기연이구나!"

나크 훈도 라바버드에 대해서는 알고 있었지만 내단이 그런 마나 증진 효과를 가지고 있다는 사실은 처음 알았다.

"스스로 새로운 마나 연공술을 창안한 것도 모자라서 이런 기연까지 얻다니 참으로 마나의 축복을 받은 녀석이군. 손을 한번 줘 봐라."

"네."

가온의 몸 안에 자신의 마나를 주입한 나크 훈은 마나 연공술을 익힌 지 얼마 되지 않았음에도 마나로드가 놀랍도록 넓어진 것을 확인하고 내심 크게 놀랐다.

'당연히 노력을 했을 테지만 벌써 이런 경지에 오르다니. 천재로구나.'

자신은 물론 자신이 가르친 기사들의 경우를 생각해 보면 이건 말이 안 되는 수준이다. 그러니 가온이 천재라고 생각할 수밖에.

혹시 가온이 자만할까 봐 그런 생각을 입 밖에 내지 않은 나크 훈은 바로 몇 가지 조언을 해 주었다.

그가 지금 가온과 같은 천재에게 해 줄 수 있는 것은 효율적으로 검광을 발현하는 방법과 유지하는 방법을 가르치는 정도에 불과했다.

그렇게 검광과 관련된 가르침을 전한 나크 훈은 그동안 궁리한 결과 개량한 훈 검술을 전수했다.

"검로는 동일하지만 검면을 사용해서 빗겨 막기와 흘리기의 요결을 추가했다. 대련을 통해 활용해 보도록 하자."

"네, 스승님."

가온은 뉘인 검면을 이용해서 나크 훈의 검을 빗겨 막거나 흘리는 훈련을 시작했는데, 생각보다 빠르게 적응했다.

상시 발동되는 매의 눈 스킬이 동체 시력을 두 배로 높여 주었기 때문에 검의 궤적을 정확히 읽을 수 있게 된 것이 큰 효과를 발휘했다.

30여 분의 대련을 마친 후 나크 훈은 더없이 흡족한 얼굴로 그를 칭찬했지만 가온이 더 만족했다.

'맞받아쳤을 때보다 훨씬 힘이 덜 들어!'

막 대련을 시작했을 때와 끝날 때를 비교해 보면 차이가 확연했다. 두 요결을 제대로 익히자 힘은 물론 마나 소모도 크게 줄어들었고 무엇보다 공격할 기회가 크게 늘어난 것이다.

"그래, 용건은 이것이 다냐?"

어쩐지 좀 바쁜 것 같았지만 부탁을 안 할 수는 없었다.

"아닙니다. 좋은 인재들이 좀 보여서 기본적인 방패술과 창술을 가르치려고 하는데, 가르쳐 주실 수 있겠습니까?"

"그래? 그럼 데려오지 않고."

"이계인도 아니고 함께 움직여야 하니 제가 직접 가르치고 싶습니다."

"흠. 그것도 괜찮겠지. 가르치면서 얻는 것도 있을 테니까. 시간이 별로 없는데, 시범 정도면 되겠지?"

"물론입니다!"

가르침을 청하는 랑트가의 기사들 때문에 바쁜 와중에도 제자를 위해 시범을 보여 주는 것만 해도 자신을 얼마나 아끼는지 알 수 있었다.

나크 훈은 먼저 왕국군이 익히는 기본 방패술과 창술부터 시범을 보였는데, 기본 동작은 많지 않아서 금방 외울 수 있었다.

그는 이어서 세 번에 걸쳐 비슷한 내용이면서도 내용은 복잡해지는 창술 한 가지를 천천히 보여 주었다. 그리고 그보다 더 기초적인 부분까지 설명을 통해서 알려 주었다.

"스승님, 감사합니다!"

"감사는. 방패술과 기본 창술은 왕국 병사들이 익히는 평범한 수준이지만 시리우스 창술은 다르다. 네게 전수한 부분은 8단공 중 전해 오는 3단공까지밖에 없지만, 한때 소드마스터 경지에 오른 시리우스 대공의 성명 절기였다. 너 역시 꾸준히 수련하면 좋을 거라고 생각한다."

시리우스 대공이 누군지는 모르겠지만 소드마스터였다니 제대로 된 창술임은 확실했다.

"명심하겠습니다."

"그래. 괜히 들뜰까 봐 얘기를 할까 말까 망설였는데. 가온, 너는 내가 가르친 녀석들 중에서 진경이 가장 빠르다. 항상 응원하고 있으니 정진하거라."

"네, 스승님."

"이건 널 위해서 구해 놓은 선물이다."

나크 훈이 품에서 꺼낸 것은 바로 마나 영약이었다. 그것도 세 알이었는데 금박에 쌓인 것은 크기로 보아 중급임이 분명했다.

"나중에 조용한 곳에서 복용하고 마나 연공을 하도록 해라. 그리고 나는 며칠 안에 이곳을 떠날 것 같으니 알고 있거라."

가온이 감사한 마음을 표현하기도 전에 나크 훈이 충격적인 소식을 알렸다.

"네? 그럼 왕국의 부름을 받으신 겁니까?"

"그래. 왕도 근처에도 마수와 몬스터가 자주 출몰해서 위험한 상황 같기도 하고. 아마도 마지막 일이 되겠지."

그래서 은퇴를 앞둔 기사를 불러들인다는 건 좀 이상했지만, 그건 가온이 신경 쓸 일이 아니다.

"부디 조심하십시오."

"걱정하지 말거라. 마지막으로 해 줄 말은 네 검술의 다음 단계는 검기를 발현하는 것이다. 검과 일체가 되는 느낌이 들고 검을 통해 뭔가 빠져나오려는 느낌이 들면 바로 수도로 나를 찾아오거라."

검기라니 아득한 경지였지만 스승의 말씀이니 공손하게 고개를 숙였다.

"스승님, 이건 우연히 얻은 매직 아이템입니다. 혹시 필요한 상황이 닥치면 써 주셨으면 좋겠습니다."

가온은 히든 던전에서 얻은 스크롤 중 실드 마법이 내장된 것과 해독 마법 그리고 힐 마법이 내장된 것들을 이별 선물로 주었다.

"껄껄껄! 내 안 그래도 구하려고 했는데 잘됐구나. 고맙다. 요긴하게 쓰마."

나크 훈이 대견한 얼굴로 격려를 해 준 후 먼저 연공실을 떠난 후 가온은 해가 질 때까지 창술을 수련했다.

시리우스 창술의 3단공까지 형(形)은 완벽히 익혔지만 신체 조건이나 기질이 나크 훈과 다르기 때문에 그중 자신에게 맞는 것을 골라서 몸에 완전히 익게 만들기 위해서는 시간이 필요했다.

가온은 해가 질 무렵이 되어서야 연공을 멈추었다.

가볍게 몸을 씻고 전사의 전당을 나오는 가온의 얼굴은 무척 만족스러웠다.

'내가 검술보다는 창술에 재능이 있었나?'

스텟이 골고루 발달한 자신에게 잘 맞아서 선택한 시리우스 창술은 3시간여 만에 F급에서 D급으로 상승했으니 그렇게 생각하는 것도 이상한 건 아니다.

검술도 그렇지만 창술 역시 무음보의 요체를 이용한 빠른 발놀림과 합해지자 굉장한 위력을 발휘할 수 있었다.

'퍼슨과 패터에게 제대로 된 검술과 창술을 가르칠 수 있게 되어 다행이네.'

내성으로 향하는 가온의 발걸음이 무척이나 가벼웠다.

오크 사냥 시작

내성 문이 닫히기 직전에야 서둘러 성안으로 들어온 가온은 여관으로 향하다가 상단들이 모여 있는 거리 입구에서 거메인을 만났다.

"온 님, 마침 잘됐습니다. 대장님을 만나러 여관으로 가려던 참입니다."

용건이야 잘 안다. 모레 수행하기로 한 의뢰 때문일 것이다.

"용병들은 좀 구했습니까?"

거메인은 퍼슨을 통해서 상단 측에서 용병들을 고용해서 의뢰를 돕겠다는 의사를 보내왔었다.

"그게…… 아직까지 길드 측에서 연락이 없습니다."

“지금과 같은 상황이라면 용병들도 사냥에 나설 만할 텐데요?”

경비대장에게 듣기론 이계인들의 활약으로 이제 걸어서 하루 거리까지는 마수와 몬스터가 잘 보이지 않는다고 했다.

“길이 열리려는 기미가 보이자 상단들이 다투어 상행을 준비하고 있어서 쓸 만한 용병들은 대부분 계약이 된 상태랍니다.”

거메인이 씁쓸한 얼굴로 말했다.

상행을 호위하는 용병들은 자신들의 돈으로 물건을 사서 이윤을 챙기고 팔 수가 있기 때문에 사냥이나 토벌보다 훨씬 많은 돈을 벌 수 있었다.

“이쪽은 외성 마을 사냥꾼들을 고용하기로 했습니다.”

“확실히 그들이라면 도움이 되긴 할 겁니다.”

“저도 그렇게 믿습니다. 그런데 급하게 결정된 것이라 추가로 필요한 말이나 무구를 구하지 못했습니다.”

퍼슨과 패터가 준비를 하고 있었지만 거메인이 말한 것처럼 상단이 움직이기 시작하면서 일시적으로 말을 빌리기가 힘들어졌다.

“인원이 얼마나 됩니까?”

일행의 경우 아그레브에서 타고 온 말이 있었기 때문에 현재 거메인과의 대화를 지켜보고 있는 이들의 숫자를 말해 주었다.

"그럼 추가로 필요한 말과 기본 무구는 저희 상단 측에서 무상으로 빌려드리겠습니다."

"감사합니다."

"저희 상단의 일이니 적극적으로 협조를 해야죠. 참, 저희 측에서 참관을 겸해서 광산 쪽을 살펴보기 위해서 호위 무사열 명과 별도의 인원이 동행하게 될 겁니다."

원래 참관한다는 말은 없었지만 별로 문제 될 건 없었다. 아니, 오히려 정확하게 100마리만 사냥하면 되니 오히려 더 좋았다. 오해의 소지도 없을 테고 말이다.

이전에 이미 사냥한 오크들을 포함시킬 수 없는 점은 좀 아쉬웠지만 어쩔 수 없었다.

"상관은 없지만 쉽지 않은 여정이 될 겁니다. 그런데 그쪽은 따로 움직입니까?"

사냥을 도울지 여부를 물어보는 것이다.

"함께 움직여야 오크 한 마리라도 더 사냥할 수 있지요. 호위 무사들은 온 님의 지휘를 받기로 결정이 났습니다. 물론 사냥 결과에 저희 측 기여도는 고려하지 않을 것이고요."

"고마운 조치네요."

"부탁드리고 싶은 것은 최대한 많은 오크를 사냥해 주십사 하는 겁니다."

그거야 당연한 일이다. 상단 호위 무사 정도라면 지금 대화를 지켜보고 있는 사람들보다 사냥에 더 도움이 될 테니 말이다.

"상단 호위 무사들의 실력은 어떻습니까?"

"용병을 기준으로 호위대장은 B급이고 나머지는 D나 E급 정도는 될 겁니다. 그래도 다들 경험이 많아서 충분히 도움이 될 겁니다. 다만 온 님의 지휘를 받는 인원은 절반에 그칠 겁니다."

그 이유는 충분히 짐작할 수 있었다. 나머지 절반은 참관을 위해 파견된 인원을 호위하게 될 것이다.

"대신 이번에도 우리 측에서 식량을 준비하겠습니다."

비싼 말이나 식량을 제공하는 것을 보면 아무리 식료품을 주력으로 취급하는 드인 상단 측이라면 최선을 다해 지원하는 셈이다.

"최대한 많은 오크를 사냥하겠습니다."

가온의 대답에 거메인이 흐뭇하게 웃었다. 드인 상단이 원하는 건 바로 그거였다.

⸺⟨⟨⟨⟩⟩⟩⸺

다음 날도 일행은 각자 볼일을 보았다. 퍼슨은 모험가 길드에서 보냈고 패터는 가온이 부탁한 물건들을 구입하느라 종일 시장을 오갔다.

가온은 헤븐힐과 매디 그리고 바로가 접속하는 대로 자신의 방으로 불러들였다.

"대장님, 저희에게 따로 하실 말씀이라도 있나요?"

"이번에 스승님을 통해 중급 마력 영약과 중하급 성약을 구했어."

"서, 설마 저희에게 파시려고요?"

중급이라는 말에 헤븐힐과 바로의 눈이 튀어나올 듯 커졌다. 지금은 돈이 있어도 이곳에서 구할 수 없는 귀물이었다.

"팔기는. 내 선물이야, 앞으로 3개월 동안 잘 부탁한다는 의미의."

가온이 중급 마력 영약 두 알과 중하급 성약을 각자의 앞에 꺼내 놓았다.

그런데 세 사람은 바로 영약과 성약을 받아 들지 않았다.

"이런 귀한 물건을 그냥 받기는 좀……."

세 사람은 너무 큰 선물에 크게 부담감을 느끼는 것 같았다.

그도 그럴 것이 중급 마력 영약은 개당 100골드였고 중하급 성약도 50골드나 되었으며 중급 마력 영약은 돈이 있어도 구할 수 없었다.

"세 사람의 능력이 올라가면 나 또한 도움이 되니 그렇게 부담 가지지 않아도 돼. 뭐라더라, 온이 말하길 투자라고 하더군."

"투자라면 감사하게 받겠습니다."

안 그래도 눈을 빛내고 있던 바로가 냉큼 마력 영약을 손에 쥐자 두 사람도 기쁜 표정을 숨기지 못하며 자신의 것을 받아 들었다.

"내 인맥이 신전에까지는 미치지 못해서 중급 성약을 못 구해서 매디에게 좀 미안하네."

"아, 아니에요! 이것만 해도 저한테는 과분한 선물이에요. 선물해 주신 마음이 헛되지 않도록 최선을 다할게요!"

매디가 감동받은 얼굴로 그렇게 말하자 두 사람 역시 크게 고개를 끄덕였다.

그렇게 세 사람이 선물 받은 영약과 성약을 가지고 다른 별채로 건너가자 가온도 수련을 시작했다.

먼저 스승에게 받은 마나 영약 세 알을 순차적으로 복용하고 오행 마나 연공술로 마나를 흡수했다.

그 결과 총 66이라는 마나가 늘어났다. 약효의 최대치보다 무려 6이나 더 많은 마나양의 증가였다.

'이제 마나양이 부족할 일은 당분간 없겠네.'

마나양이 벌써 376이고 마나양이 늘어나서 그런지 아니면 나크 훈의 조언 덕분인지 검광을 좀 더 빠르고 쉽게 발현할 수 있게 되었다. 유지 시간이 늘어난 것은 당연한 결과였다.

가온은 나크 훈의 가르침대로 검광을 계속 발현하는 것이 아니라 필요한 순간에만 빠르게 발현하는 식으로 마나를 적

절하게 쓸 수 있도록 점심과 저녁 식사까지 거르고 검을 수
련했다.

마침내 의뢰를 수행하기 위해 출발하기로 한 날이 되었다.

새벽부터 일어나서 수련을 하고 있을 때 이틀 전부터 용병
길드의 연무장을 빌려 수련을 해 왔던 타람과 로에니 남매가
일찌감치 합류했다.

"수련에 성과가 있었군요."

두 사람을 본 가온의 눈이 커졌다. 며칠 사이에 둘의 기도
가 확 달라진 것이다. 눈빛이며 행동에서 풍겨 나오던 거친
기세가 가라앉아 있었다.

"하하하. 역시 대장님은 알아볼 줄 알았습니다."

"그동안 모은 돈을 모두 투자했지만 마나 연공술은 구입
하지 못했고 대신 새로운 마나 운용술을 배웠어요. 덕분에
마나를 순화시켜서 이전보다 더 자유롭게 검광을 사용할 수
있게 되었어요."

참으로 잘된 일이다. 자신까지 포함하면 세 명이 검광을
운용할 수 있어 전력이 크게 높아졌다.

"축하합니다."

가온은 물론 퍼슨과 패터 그리고 마침 로그인한 세 플레이
어들도 두 사람의 성과를 축하했다.

검광을 능숙하게 사용할 수 있는 실력이라면 용병으로는

A급, 기사로는 2급 기사에 근접했다는 것을 의미한다.

아무튼 뛰어난 실력을 가진 타람과 로에니가 합류한 덕분에 출발하기 전부터 분위기는 화기애애해졌다.

잠시 덕담을 나누던 가온 일행은 낸시와 라이자가 정성스럽게 마련한 음식을 든든히 먹고 출발했다.

먼저 내성을 빠져나가자 스톤 일행이 기다리고 있었다. 다들 마을의 장인들이 공들여 만들어 준 방어구를 착용한 상태였다.

사냥꾼들은 철시가 가득 들어 있는 화살통을 3개씩 몸에 달고 있었고, 방패수 역할을 하기로 한 청년들은 한 손에 라운드 실드를 들고 다른 한 손으로는 워액스나 창을 들고 있어 겉모습만 보면 굉장히 뛰어난 전사들처럼 보였다.

그렇게 합류한 사람들과 함께 성문까지 걸어갔다.

성문 앞에는 사냥을 나가는 플레이어들을 제외하고도 한 무리가 있었다.

가온은 일부러 좀 늦게 도착했다. 얼굴을 모르는 이들과 먼저 만나는 상황은 맞이하고 싶지 않았던 것이다.

"온 님!"

호기심 가득한 얼굴로 가온 일행을 지켜보던 사람들 사이에서 나온 익숙한 얼굴이 있었다.

의뢰를 한 드인 상단에서 사람이 참관을 위해 파견된다고 했는데, 그게 거메인 본인인 모양이다. 그의 옆에는 샘슨과 타이린이 서 있다가 반가운 얼굴로 묵례를 해 왔다.

"거메인 씨가 직접 오셨습니까?"

"원래 다른 사람이었는데, 제가 자청했습니다."

"위험할 수도 있는데요?"

"온 대장님이 계신데 위험하긴요. 일단 이분과 인사부터 하시지요. 단주의 조카이신 나레인 양입니다."

"반갑습니다. 온이라고 합니다."

"나레인이에요. 한동안 신세를 지게 되었어요."

나레인은 이십 대 초반의 아가씨로 검을 제대로 배웠는지 제법 탄탄한 몸매로 레더아머를 포함한 방어구 세트를 착용하고 있었다.

"나레인 양은 후베인 기사 아카데미에서 수학했습니다. 비록 기사 서임은 받지 못했지만 실력만큼은 믿으셔도 될 겁니다."

랑트성에서는 규모가 꽤 큰 상단의 단주의 조카가 무슨 이유로 기사 아카데미를 진학했는지는 알 수 없지만 풍기는 기세로 보아 의뢰에 방해가 될 것 같지는 않았다.

나중에 들었는데 탄 대륙에서는 여자 기사들도 꽤 많다고 했다. 그리고 역사적으로도 유명한 여 기사들이 제법 많아서 귀족가에서도 종종 나온다고 했다.

'간신히 수련기사 수준은 되겠군.'

검광을 자유롭게 발현할 정도는 아니었지만 마나를 이용

해서 육체 능력을 높일 수 있고 마나를 검에 주입해서 강도와 절삭력을 높일 수 있는 단계였다.

검술 실력이야 기사 아카데미 출신이니 당연히 높을 것이다.

"그리고 이쪽은 저희 상단의 호위 무사들입니다."

거메인이 가온 일행에게 상단 호위 무사 열 명을 일일이 소개했는데, 가온을 대장이라고 소개하는 것을 보니 지휘권을 명확히 하려는 의도 같았다.

'타람과 로에니와 비슷한 실력자가 한 명뿐이지만 나머지도 잘 훈련을 받은 것 같으니 도움은 되겠구나.'

지난번에 랑트로 돌아올 때 드인 상단에서 장기적인 관점으로 호위 무사들을 집중 육성한다고 했는데, 지휘자로 보이는 한 명을 빼고는 다 20대에서 30대 초반인 것을 보면 그들인 모양이다.

특이한 건 나레인의 영향인지 그들 중 여자가 세 명이나 포함되어 있다는 점인데, 풍기는 기세로 보아서는 다른 남자 동료들만큼의 기량은 가지고 있는 것 같았다.

"셀럿 대장!"

"네, 상두님."

거메인이 호위 무사 중 선임으로 보이는 이를 불렀다.

"이 자리에서 다시 말하지만 여러분에 대한 지휘권은 여기계신 온 대장님에게 있습니다. 다만 대장님이 안 계실 때는 셀렛 대장이 지휘권을 관장할 겁니다. 다들 명심하십시오."

"네."

거메인은 부른 셀렛이 아니라 호위 무사들을 훑어보면서 그렇게 당부했고 그들은 힘차게 대답했다.

가온은 거메인이 이렇게 신경을 써 주자 마음이 좀 편안해졌다. 괜히 지휘권을 두고 실랑이나 신경전을 벌이는 것은 싫었다.

그렇게 지휘권이 정해지자 거메인이 따로 할 말이 있는 듯 한쪽으로 가온을 이끌었다.

거메인은 주위를 조심스럽게 돌아보며 서류 한 장을 꺼내며 조심스럽게 입을 열었다.

"사실 단주께서 온 님에게 새로운 제의를 하셨습니다."

"새로운 제의요?"

의뢰를 수행하기 위해 출발하려는 마당에 무슨 새로운 의뢰란 말인가.

"최소 100마리의 오크를 처리하는 기본 조건은 동일하지만 그 이후부터는 전사 한 마리당 4골드씩을 지급하는 것으로 의뢰의 내용을 변경하겠다고 하셨습니다. 이건 그 내용이 적힌 의뢰서입니다."

"4골드요?"

최초 의뢰 내용에서 추가로 사냥하는 경우는 마리당 3골드였는데 1골드가 더 올라간 것이다.

"네. 이틀 전에 상두 회의를 했습니다. 타르벨 상단이 철수할 때 알폴광산 근처에 있는 오크의 숫자가 대략 300마리였지만, 지금은 최소한 배는 되었을 테니, 이왕 의뢰를 하는 참에 보상을 높여서 더 많은 오크를 사냥하는 것이 나을 것 같다는 의견이 모두에게 지지를 받았습니다."

사실 가온이 확인한 바에 따르면 그보다 더 많다. 이미 사냥한 놈들을 포함해서 성체만 거의 500마리에 달할 정도였다.

"그제 말씀드린 대로 토벌대를 구성하는 작업이 지지부진합니다. 그러니 온 님이 최대한 많이 사냥해 주셨으면 좋겠습니다."

"끝을 보는 것은 어렵지만 최선을 다하겠습니다."

"가능하면 최대한 많이 사냥해 주시길 부탁드립니다."

말이 그렇지 드인 상단에서도 가온이 오크 무리를 끝장낼 거라고는 기대하지 않을 것이다. 다만 용병들과의 협상이 난항이니 되도록 많은 오크들을 사냥해 달라는 차원에서 꺼낸 말일 뿐이다.

'어차피 일행의 실력을 더 올려야 하니까 해 보는 데까지 해 보자!'

거기에 오크는 돈 덩어리다. 가죽과 마정석 등의 부산물, 그리고 보상까지 생각하면 마리당 5골드가 넘으니 돈도 벌고 일행의 레벨도 올릴 수 있어 금상첨화였다.

그사이 외성 마을 출신 청년들은 상단 측에서 제공한 말을 타 보고 있었다. 말을 타 본 경험들은 있지만 평민, 그것도 외곽 마을에 살던 이들이라서 승마 경험은 고작해야 한두 번에 불과했다.

가온은 30여 분 동안 청년들이 말 타는 데 익숙해지는 시간을 준 후 출발을 지시했다.

말도 타고 있었고 인원이 많다 보니 가는 동안에는 별일이 없었다. 무기 특유의 쇠 냄새를 맡은 동물들은 한참 떨어진 곳부터 죽은 듯 숨어 버렸다.

2시간 정도 달려서 초원을 이동한 가온 일행은 보통 광산으로 가는 길에서 벗어나 수풀이 우거진 산길로 들어섰다. 그리고 말에서 내려 정찰과 함께 길을 뚫는 스톤과 퍼슨을 따라 한참을 움직였다.

거메인 일행은 굳이 험한 길을 택한 가온의 행동에 의아해하는 것 같았지만, 그의 지시를 받기로 한 것 때문인지 별말 없이 그의 뒤를 따랐다.

그렇게 산길을 따라서 며칠 전에 오크를 사냥하던 고갯길에 위치한 은신처에 도착한 시간은 대략 정오 무렵이었다.

"여긴 또 어떻게 발견하신 겁니까?"

거메인이 탄성을 터트리며 물었다. 고개 위 비탈길에 다소 좁기는 했지만 일행이 모두 들어갈 수 있는 공간이 있었다.

"발견한 것이 아니라 미리 작업을 해 둔 겁니다."

"아! 그럼 며칠 전에 나가셨던 게 바로 이 비트 때문이군요."

"그렇습니다. 이 고개만 넘으면 알폴광산이 위치한 분지가 있습니다. 광산 아래쪽에는 오크 부락이 있고요. 그리고 사냥을 나가는 오크의 절반 정도는 이 고갯길을 지납니다."

굳이 오크 사냥을 나갔었다는 말은 하지 않고 그렇게 설명했다.

"그럼 이곳에서 기다리고 있다가 습격을 하면 되는 거군요?"

"그렇습니다. 그래서 중간에 놈들과 만나지 않으려고 제대로 된 길이 아니라 숲을 가로질러서 이곳으로 온 겁니다."

"그런 뜻도 모르고 평탄한 길로 이동하지 않는다고 불평을 했군요. 죄송합니다."

거메인과의 대화를 듣고 있던 셀럿이 미안한 얼굴이 되어 사과를 해 왔다.

"아닙니다. 기밀로 유지할 사항도 아닌데 설명을 해 주지 않은 내게도 잘못이 있습니다."

사실 상단 호위 무사들이 속으로 불평을 한 건 짐작도 하지 못했다.

"일단 안전한 곳에 말들을 묶어 두어야 합니다."

"마침 마필 관리사 출신이 두 명 있으니 그들로 하여금 처리하도록 하겠습니다. 샐럿 대장, 처리를 해 주게."

샐럿의 지시를 받은 두 명이 20여 분 떨어진 거리에 있었던 작은 계곡의 분지로 말들을 끌고 갔다.

말들은 모두 잘 훈련이 되어 있었고 두 명이었지만 경력이 꽤 오래되어서 그런지 말들은 쉽게 움직였다.

"그리고 비트가 좁으니 하룻밤을 지내더라도 확장을 해야 할 겁니다. 그리고 여자분이 몇 명 있으니 방 하나를 더 만들어야 합니다. 흙이 무른 편이니 더 안쪽을 파내면 안 되고 옆으로 한 칸 정도 만들지요."

"그, 그런데 도구가……."

"도구라면 여기 있습니다."

아공간에서 곡괭이와 삽을 잔뜩 꺼내자 대화를 듣고 있던 사람들이 일제히 달려들어서 새로운 공간을 만들기 시작했다.

힘이 좋은 사람들이 이십여 명이나 달려들었기 때문에 2시간 정도 만에 여자들이 지낼 방과 작은 화장실이 더 만들어졌다.

파낸 흙은 아공간 주머니를 이용해서 치웠고 적당한 크기의 나무를 잘라서 다듬은 후 바닥에 조밀하게 박아서 벽을 만들었다.

그리고 나무 벽의 위쪽에 가죽의 양쪽 끝을 고정시킨 후 늘어뜨리는 것으로 작업이 끝났다.

그 공간에 마정석 등을 달고 바닥에 화살과 창촉으로 인해 구멍이 나서 쓸모가 없는 오크 가죽을 까니 제법 아늑해 보였다.

그렇게 작업이 끝나고 늦은 점심을 먹기로 했다.

다들 힘들게 일해서 그런지 빵과 육포밖에 없는 식사였지만 아주 맛있게들 먹었다.

"고생했습니다. 보통의 경우 오크가 부락으로 돌아가는 시간은 오후 늦은 시간이니 그때까지는 쉬도록 하지요."

한낮에는 햇볕이 너무 강렬해서 쉬기도 해야 했고 아침에 사냥을 나간 놈들이 돌아오려면 아직 시간이 넉넉하게 남아 있었다.

물론 모두가 쉴 수는 없었다. 퍼슨과 스톤을 포함한 다섯 사냥꾼들이 고갯길 양쪽을 교대로 감시하기로 했다.

그래도 한낮의 열기를 피해 서늘한 비트 안에서 휴식을 취한 일행의 몸 상태는 금방 좋아졌다.

오후 3시경 첫 번째 목표가 출현했다. 세 번째로 고갯길의 경계를 맡은 바로와 스톤이 뛰어 들어온 것이다.

"오크들입니다!"

"숫자는 얼마나 됩니까?"

"서른 마리입니다."

그동안 돌아오지 않은 사냥조들 때문에 규모를 키운 것 같은데 그 정도면 대전사장급이 포함되어 있을 확률이 거의 없으니 크게 긴장할 필요는 없었다.

"자, 일단 모두 자신의 몸과 방어구에 이 액체를 충분히 바르십시오."

사람들은 가온의 첫 지시를 망설이지 않고 따랐다. 웨일 마을의 약초꾼들이 미리 만들어 둔 그 액체는 사람의 체취를 30분 정도 사라지게 만드는 허브에서 추출한 것이다.

"작전을 간단히 설명하겠습니다. 일단 활에 자신이 있는 사람들도 첫 공격은 투창으로 합니다. 목표가 서로 중복되지 않도록 주의하십시오. 미리 파 놓은 참호 속에서 옆으로 쭉 늘어서 앉은 채로 대기한 상태에서 신호가 떨어지면 자신과 가장 가까운 놈에게 창을 던지면 됩니다."

가온은 그 말과 함께 사람들에게 각각 창 세 자루씩을 나누어 주었다.

"헤븐힐과 매디는 버프와 축복을 사용한 후 마법을 준비해 주세요. 그리고 타이린과 바로는 대기하고 있다가 도망치는 놈들에게 공격 마법을 날리면 됩니다."

두 사람이 퇴로를 막으면 남은 놈들은 우왕좌왕할 것이다.

"셀럿과 로에니 그리고 타람과 나는 세 차례에 걸친 투창 공격이 끝나는 대로 아래로 내려가서 살아남은 놈들을 처리합니다."

간단한 작전이기에 이해하지 못하는 사람은 없었다.

샘슨이 유일하게 빠졌는데, 그는 거메인과 나레인을 호위해야 하기에 아무런 임무도 맡지 않기로 애초에 정해 두었다.

첫 사냥감은 서른 마리로 구성된 평범한 사냥조였다.

오늘의 목표가 된 오크들은 멀리서도 꽤나 무거워 보이는 멧돼지 네 마리를 나무에 꿰어 들고 고개를 힘들게 올라오고 있었다.

이전보다 습격하기에 더 좋은 상황이 벌어졌다. 힘이 좋은 놈들이지만 꽤 오래 걸어왔는지 고개 위에 도달하더니 멧돼지들을 바닥에 내려놓고 쉬려고 한 것이다.

고갯길 바닥에 아무렇게나 앉은 오크들이 허리에 차고 있던 물주머니를 풀고 물을 마시려는 순간, 참호 속에서 벌떡 일어난 가온이 가장 먼저 트라이던트를 던졌다. 선두 쪽에 있는 전사장이 목표였다.

쉿!

얼마나 빠른지 선이 이어졌다가 사라진 것처럼 날아간 트라이던트는 지저분한 물주머니의 주둥이를 입에 물고 있는 오크 전사장의 옆머리를 꿰뚫고 바닥에 박혔다.

그와 동시에 비탈길의 나무 사이 풀숲에서 몸을 드러낸 사람들이 일제히 아래쪽에 있는 오크들을 향해 창을 던지기 시작했다.

한 번에 스무 자루씩, 세 번에 걸친 창 세례가 멈추자 고갯 길에는 겨우 열한 마리의 오크만이 부서진 글레이브를 들고 공포에 질린 얼굴로 도망치기 시작했다.

"사냥꾼들은 서쪽의 전사장을 맡아요!"

가온의 명령에 전사장 한 놈에게는 사냥꾼들의 철시가 급 소를 향해 쉼 없이 날아가서 순식간에 고슴도치처럼 만들 었다. 물론 촉을 독액에 담가 두었던 화살이었다.

다른 한 마리에게는 가온이 던진 창이 빠르게 날아갔다.

전사장답게 첫 번째 창을 쳐 내는 데 성공했지만 앙헬의 도움을 받아서 연쇄적으로 날아간 창 세례를 피할 수는 없 었다.

창을 쳐 낼 때마다 휘청거리던 놈은 결국 네 번째 창을 쳐 내지 못하고 심장에 창이 꽂힌 채 쓰러지고 말았다.

물론 다른 오크들을 향한 다른 공격도 이어지고 있었다.

"파이어 볼!"

"파이어 볼!"

타이린과 바로는 마수와 몬스터가 두려워하는 화계 마법 을 계속해서 날렸다.

상단 호위 무사들과 방패수들도 가온이 지급해 준 석궁으 로 볼트를 계속해서 발사하고 있었는데 거리가 가까워서 등 을 보인 오크들의 몸에 계속 꽂히고 있었다.

도망치던 나머지 오크들도 결국 마법과 볼트 공격에 즉사했거나 죽어 가는 동료들보다 더욱 처참하게 죽었다.

본격적인 도륙을 위해서 대기하던 샐럿과 타람 남매는 나설 필요도 없어 결국 한 일은 마지막 확인 사살밖에 없었다.

사람이 두 배 이상 늘어난 것과 함께 헤븐힐과 매디의 버프와 축복의 효과는 그 정도로 대단했다.

열 명은 전문적으로 훈련을 받아 온 이들이고 나머지도 각 마을에서 나름 힘이 세다고 인정받는 이들이라는 점과, 양측의 거리가 불과 10여 미터밖에 안 되고 가파른 경사지 위에서 아래를 향해 창을 던진 것도 그런 결과를 만들어 내는 데 큰 역할을 했다.

그렇게 첫 기습 사냥이 성공하자 멧돼지들을 포함한 사체들과 오크가 받아치는 바람에 부러진 창 그리고 오크의 무기인 글레이브까지 모조리 가온의 아공간으로 들어갔고, 타이린과 바로는 마법으로 습격의 흔적을 말끔하게 지워 버렸다.

마정석만 적출하고 도축은 하지 않기로 했다. 핏자국이나 피 냄새가 짙으면 사냥에 방해가 되고 창과 화살 그리고 볼트 세례를 받은 오크들의 가죽은 건질 게 별로 없었다.

그렇게 첫 번째 사냥이 성공적으로 끝나자 사람들의 사기는 크게 높아졌다.

사람들이 가온의 지휘로 오크를 사냥하는 모습을 모두 지켜본 나레인은 뭔가 현실감이 없는 표정이었다.

"거메인 아저씨, 오크 사냥이 원래 이렇게 쉬운 거였나요?"

나레인은 충격을 받은 얼굴로 물었다.

"그러게 말입니다. 온 대장과 동행을 하면서 혼울프는 물론이고 트롤까지 사냥하는 모습을 봤지만 이게 더 황당하네요."

거메인 역시 현실감이 없기는 마찬가지였다.

"오크 정도면 꽤 강하지 않아요?"

"강하지요. 그러니 성에서 분기에 한 번은 기사단과 병사들로 하여금 토벌을 하는 거고요."

"그런데 지금 우리가 본 모습을 보면 오크들이 마치 고블린 같아요. 토벌 때마다 우리 기사들도 꼭 몇 명씩은 죽고 몇 명은 심각한 부상을 입지 않나요?"

"그게…… 아무래도 제 생각에 오크의 강력함은 상대에 따라서 다른 것 같습니다. 이런 식이라면 기사들이라고 해도 큰 피해를 입을 것 같습니다."

아그레브까지 오가는 동안 가온의 놀라운 능력을 확인한 거메인도 나레인의 질문에 답을 하면서도 좀 황당했다. 오크는 이런 식으로 쉽게 사냥할 수 있는 존재가 아니었다.

"신기해요, 얼핏 봐도 전사장이 세 마리나 포함되었는데 이렇게 순식간에 사냥을 하다니. 전사장 정도면 아무리 가까운 거리에서 기습을 받았다고 해도 이 정도로 무력하게 당하지는 않지 않나요?"

"온 대장의 투창 실력이 그만큼 대단한 거지요. 전사장 두 마리는 모두 그가 던진 창에 목숨을 잃었으니까요. 정말 놀라운 연속 투창 실력이었습니다."

"아저씨가 입에 침이 마르도록 칭찬을 할 정도로 대단하긴 하네요. 그런데 온 대장 말고도 저 두 사람의 역할이 상당한 것 같아요."

나레인이 가리키는 곳에는 헤븐힐과 매디가 있었다. 헤븐힐은 이번에 구입한 매직북을 통해서 광역 버프를, 그리고 매디는 광역 버프와 동일한 효과가 있는 신성 축복을 통해 짧은 시간이지만 사람들의 능력을 각각 1할 정도 높여 주었다.

버프와 축복이 중첩된 효과로 인해서 투창의 위력이 강해졌기에 이렇게 쉽게 오크를 사냥할 수 있게 되었다는 점을 거메인과 나레인은 충분히 짐작하고 있었다.

"버프 계열의 마법사와 사제기 때문에 방패수들과 호위 무사들의 투창 위력이 강해졌습니다."

"이계인들은 아직 오크를 사냥할 정도는 아니라고 들었는데 이런 식이라면 충분히 가능하겠는데요."

"그렇습니다. 이계인들을 상대하는 상단 쪽 얘기를 들어 보니 이계인 마법사의 1할 정도가 버프 계열의 스킬을 익히고 있다고 하더군요. 안 그래도 오크에게서 나오는 하급 마정석 숫자가 빠르게 늘어난다는 말을 들었는데, 이런 방식으로 사냥을 하는 것 같습니다."

"저도 이계인에 대한 정보는 꽤 알고 있는데, 완전히 다르네요. 그런데 온이라는 저분, 기사가 아닌가요?"

"정식 기사는 분명히 아닙니다. 서임을 받았다는 말은 없었습니다."

기사였다면 서임 사실을 숨길 리가 없었다. 서임을 받는다는 건 그만큼 명예로운 일이었다.

"그런데 어떻게 저 나이에 창광을 발현하는 거죠?"

"창광요?"

"검광과 비슷하지만 창 자체가 검에 비해서 굵고 길기 때문에 발현하기가 힘들어요. 나중은 모르겠지만 처음 던진 창이 빛나는 것을 분명히 봤어요. 그렇기에 오크 전사장들이 속수무책으로 죽임을 당한 거고요."

거메인은 나레인의 말을 듣고서야 삼십여 마리나 되는 오크들이 삽시간에 무너진 진짜 이유를 알 수 있었다.

투창 공격에 즉사한 오크들도 있지만 그래도 절반 이상은 한 번 이상 창을 받아쳤다.

당연히 전사장 정도라면 10미터 거리라도 창을 받아쳤을 텐데, 그중 두 마리가 가온의 던진 창에 즉사했기 때문에 기습 작전이 성공한 것이다.

"창으로 창광을 발현할 정도라면 3급 기사 실력을 가진 것이 분명해요."

나레인이 단정적으로 말했다. 그렇게 아주 자연스럽게 빠르게 창광을 발현할 정도라면 적어도 3급 기사 실력은 될 것이다.

"어제도 말씀드렸지만 온 대장은 아주 특별합니다. 모험가도 용병도 아니고 기사도 아니지만 사고가 아주 넓게 열려 있습니다."

"사고가 열려 있다고요?"

"네. 그렇지 않다면 이계인들을 동료로 받아들일 생각을 하지 않았을 테니까요."

사실 루 여신의 신탁으로 이 세상에 나타난 이계인들이지만 사람들은 이계인들과 가깝게 지내려고 하지 않았다. 신탁의 또 다른 내용을 통해서 그들과의 밀접 접촉을 거부하고 있었다.

"정말 저분의 정체를 모르시나요?"

나레인은 정말 가온의 정체가 너무 궁금했다. 마수와 몬스터로 인해서 인적 교류가 거의 사라진 지금이 아니더라도 그 정도의 강자가 이름이 전혀 알려지지 않았다는 사실을 믿을 수가 없었다.

"실은 정보 길드를 통해 들어온 정보가 몇 가지가 있긴 합니다."

"말씀해 보세요."

"이계인들을 위한 시설로 파견된 기사들 중에 나크 훈이라는 분을 혹시 아십니까?"

"나크 훈 남작님요? 당연히 알지요. 1급 기사에 준하는 실력을 가진 분으로 은퇴를 앞두고 자원해서 우리 랑트성에 오셨잖아요."

나크 훈은 랑트성의 기사들이 흠모하는 2급 기사다. 익스퍼트 최상급 실력으로, 정상적이라면 백작 가문의 기사단장 정도는 역임했어야 하는 실력자였다.

남작가의 기사단장부터 시작해서 모든 기사들이 그에게 한번 가르침을 받겠다고 전사의 전당을 거의 매일 출근했다는 건 랑트에서 기사들에게 관심을 가지고 있는 사람이라면 다 아는 사실이다.

"사실은 온 대장이 그분의 제자라고 합니다."

거메인의 말을 들은 나레인이 그제야 고개를 끄덕였다.

"그럼 그렇지요. 용병 중에서 저런 실력자가 나올 리가 없지요. 그런데 그런 분에게 사사하는데도 아직 서임을 받지 않고 있다니 굉장히 특이하네요."

기사 수업을 받고도 모험가나 용병 생활을 하는 이들도 있기는 하지만 그런 경우는 상당히 희귀했다.

"확실히 특이하지요. 저 실력에 마법도 배우는 것 같으니까요."

"마법을요? 설마 마검사라는 건가요?"

"아직은 아닌 것 같습니다. 마법을 익히고 있다는 애기만 들었지 쓰는 것은 본 적이 없습니다. 아무래도 마검사의 길을 추구하는 것 같습니다. 그 때문에 아직 세상에 당당하게 기사로 자신을 소개할 수 없는 것 같습니다."

거메인의 이야기가 이어질수록 가온을 쳐다보는 나레인의 눈빛이 강렬해졌다.

'마검사! 확실히 아버님의 말씀대로 어떻게든 영입을 하면 우리 상단은 물론 가문에도 큰 도움이 될 것 같아.'

그렇게 두 사람이 대화를 나누는 사이에 정리는 이미 끝났다.

가온 일행은 다음 날 오후 늦은 시간까지 네 번에 걸친 기습 공격에 성공해서 오크 120여 마리를 사냥했다.

처음에는 쉬운 사냥이라고 생각했지만 오크들이 고개 위에 도착할 때까지 기다리는 과정은 결코 쉽지 않았다. 첫날과 달리 다음 날은 종일 기다려서 서른 마리로 구성된 한 무리만 겨우 사냥했으니 말이다.

먹는 것도 불편했다. 비트의 입구를 가죽으로 가렸기에 불을 피울 수는 있었지만, 행여 들키기라도 하면 위험할 수 있어 음식은 따로 조리하지 않고 육포와 건과로 해결했다.

해가 지자 전날의 강행군에 이어 네 번에 걸친 사냥으로 인해 피곤해진 사람들은 식사가 끝나고 얼마 지나지 않아서 불침번을 제외하고는 곧바로 잠에 빠져들었다.

헤븐힐 일행도 로그아웃할 준비를 했다.

"대장님, 오늘은 이만 가 볼게요."

세 사람을 대표해서 매디가 지친 목소리로 말했다. 지치기는 플레이어들도 마찬가지다.

어느새 다크서클이 생긴 얼굴들을 보아하니 아마 로그아웃을 해도 만나자는 소리는 안 할 것 같았다. 그만큼 수시로 마법을 사용한 것이다.

그래도 얼굴 표정은 밝았다. 이틀 동안 세 사람은 각각 4레벨과 3레벨씩을 올렸다.

"수고했어요."

헤븐힐과 바로도 힘들었는지 꾸벅 인사만 하고는 뒤이어 로그아웃했다.

세 사람이 현실로 돌아간 후 가온은 잠시 고민에 잠겼다.

'어제는 세 무리였지만 오늘은 한 무리밖에 안 돼.'

아무래도 오크들의 사냥 패턴에 변화가 생긴 것 같았다.

그도 그럴 것이 며칠 전에 이미 오십여 마리를 사냥했고 어제 오늘은 그 두 배가 넘게 사냥했으니 변화가 있을 것을 당연했다.

어쩌면 전사의 숫자가 크게 줄어들어서 사냥을 나가지 못한 것일 수도 있었다.

일단 당초의 의뢰는 완수했지만 좀 더 큰 보상을 기대할 수 있는 추가 사냥이 문제였다. 이대로라면 일주일을 다 채워도 만족할 정도의 숫자를 사냥하는 것이 힘들 것 같았다.

가온은 이렇게 매복을 한 후 기습을 통해 사냥하는 방식보다는 능동적으로 사냥을 해야 할 것 같다는 생각이 들었다.

무엇보다 레벨 업이 어려웠다. 혼자서 전사장 여덟 마리를 사냥했지만 레벨은 겨우 1밖에 안 오른 것이다. 이젠 전사장 정도로는 성에 차질 않았다.

'일단 오크 부락 쪽을 정찰해 봐야겠다.'

만약 누군가 기습을 통해 사냥조를 사냥하고 있다는 사실을 오크 쪽에서 짐작하게 되어 대규모로 나서게 되면 큰일이 날 것 같았다.

혹시라도 대전사장이 출현하면 자신들은 엄청난 피해를 감수할 수밖에 없었다.

미리 살펴보고 만약 그런 징후가 있다면 가차 없이 철수할 생각이다. 그만큼 지금은 정찰이 아주 중요했다.

가온은 정찰을 해 보고 상황이 이상하면 바로 철수할 생각이다. 드인 상단 쪽에서야 당연히 좋아하지 않겠지만 생명이 걸려 있는데 그들 입장만 생각할 필요는 없었다.

당장 철수를 해도 손해를 보는 건 아니다. 이미 기본 의뢰는 완수했으니 추가 의뢰 대금을 받지 못해도 사냥한 오크 부산물만 잘 처리해도 이익이니 굳이 무리할 필요는 없었다.

게다가 경험이 많은 사냥꾼들에 따르면 내일은 적지 않은 비가 올 것 같다고 했다. 실제로 이곳 지역은 곧 우기를 앞두고 있었다.

이 지역의 기후는 건기와 우기가 따로 없을 정도로 비가 충분히 오지만, 그래도 우기라고 부르는 시기가 있다.

우기는 3~4개월에 한 번씩 찾아오며 일주일에서 열흘 가까이 폭우가 내리는 정도에 불과하지만, 부정기적이기 때문에 그냥 비가 오는 건지 우기인지는 이곳에서 오래 살아온 이들도 잘 모른다.

'만약 우기라면 골치 아프게 될 거야.'

어쩌면 최대 열흘 동안 꼼짝없이 비트에 갇혀 있어야 할지도 모른다.

그래서 더욱 상세한 정찰이 필요했다.

가온은 불침번이 아님에도 잠을 청하는 대신 얘기를 하고 있는 거메인과 나레인에게 용건을 말했다.

"오늘은 평소보다 더 어두울 텐데 위험하지 않겠어요?"

가온의 능력을 몇 번이나 확인한 거메인은 좋은 생각이라고 반겼지만 나레인은 꽤나 걱정하는 얼굴이었다.

"위험할 상황은 만들지 않을 겁니다. 게다가 오크들은 야밤에는 잘 움직이지 않으니 괜찮을 겁니다."

아인종으로 분류하기도 하는 고블린과 오크와 같은 몬스터들은 인간과 생활 패턴이 비슷하다.

물론 오크 중에는 야행성을 가진 놈들도 있지만, 퍼슨이나 사냥꾼들이 해 준 얘기가 맞는다면 이 근처에는 그런 놈들이 없었다.

　다른 맹수나 마수도 이곳이 오크의 영역이라는 점을 잘 알기에 어지간한 놈들은 근처에 없을 테니 걱정할 필요도 없었다.

몰살

가온은 질주 스킬을 발동한 상태에서 무음보의 묘리를 활용해서 광산 쪽으로 내려가는 고갯길을 빠르게 내려갔다.

민첩 스탯이 엄청나게 높은 가온이기에 질주 스킬까지 발동하자 그 속도는 엄청나게 빨라서 이제 막 내려앉는 어둠 속으로 순식간에 사라졌다.

그 모습을 초롱초롱한 눈으로 지켜보던 나레인은 잠시 후 가온의 모습이 보이지 않게 되자 입을 열었다.

"봤어요?"

"뭘 말입니까?"

"방금 그가 달리는 모습이 이상해요."

"특별한 점이라도 발견하신 겁니까?"

"아저씨가 말씀하신 대로 단순히 마법을 배우는 단계가 아니라 이미 상당한 경지에 오른 것 같아요. 아무런 소리도 내지 않고 저렇게 빨리 달리는 건 불가능해요."

거메인으로부터 가온이 마법까지 익히고 있다는 소리를 들은 나레인은 그가 사일런트 마법과 헤이스트 마법을 자신의 몸에 건 것이 아닌지 의심했다.

"제가 본 온 대장은 같은 나이 대의 기사들과 달리 과시하는 것을 즐기지 않는 성격이니 충분히 가능한 얘기입니다."

"혹시 그가 특별히 흥미를 가지는 것이 있나요?"

"역시 그를 영입하실 생각입니까?"

"저런 능력자라면 쉽지는 않겠지만 가능하다면 그러고 싶어요."

"저도 같은 생각이지만 쉽지는 않을 겁니다. 동행을 하면서 살펴본 결과, 그가 관심을 가지는 것은 사냥과 수련 그리고 금전밖에 없었습니다. 그리고 지금은 일이 더 중요하니 의뢰가 마무리될 때까지는 일단 지켜보지요."

안 그래도 가온의 무력에 대한 보고를 접한 드인 상단의 수뇌부는 가온을 영입할지를 두고 회의를 연 적이 있었다.

하지만 과연 나크 훈의 제자가 상단의 호위대를 맡을 건지는 자신할 수가 없었다. 보통의 기사들은 명예 때문이라도 상단에 소속되기를 꺼리기 때문이다.

그래도 욕심을 버리긴 힘들었다. 조력을 받기는 했지만 트롤을 거의 혼자서 포획할 수 있는 능력을 가지고 있으니 돈이 얼마가 들어도 영입만 하면 활용할 수 있는 방법은 무궁무진했다.

그런데 우연히 따라붙은 나레인이 욕심을 내니 거메인으로서는 좀 당황스러울 수밖에 없었다.

나레인도 가온을 영입하고자 하는 이유가 있었다. 단순한 인재 욕심이 아니었다.

후작과 공작의 영지가 아닌 대부분의 영지의 경우 영주성 인근만 겨우 안전을 장담할 정도로 마수와 몬스터가 횡행하는 세상이다.

막강한 자금력과 인맥을 통해서 실력이 뛰어난 기사들을 선별해서 영입하는 고위급 귀족가가 아닌 이상 생존을 위해서라도 강자를 품에 안아야만 하는 상황이 된 것이다.

'그래야 우리 나르멜이 두 숙부의 방해를 뿌리치고 순조롭게 남작의 작위를 계승하고 지킬 수 있어. 설사 그게 어렵더라도 암살을 당하지 않고 자신만의 영역을 구축할 수 있으려면 저런 강자가 꼭 보좌를 해 주어야만 해.'

가온에게는 제대로 소개하지 않았지만 나레인은 현 랑트 남작가의 장녀다.

현재 랑트 남작가는 위험한 상황이었다. 현 남작은 몸이 약해서 5년 전부터 지금까지 수시로 자리보전을 하고 있는 상황인데, 그의 두 동생이 작위를 호시탐탐 노리고 있었다.

행정관의 길을 택한 한 명은 수석 행정관으로, 그리고 기사의 길을 선택한 다른 한 명은 다섯 명밖에 없는 정식 기사와 스무 명의 수련기사로 구성된 기사단을 장악하고 있는 상태다.

이런 상황에서 자신과 나이 차이가 무려 열 살이나 나는 남동생의 안전을 도모하고 있는 그녀로서는, 기사단 밖에서 자신들을 도와줄 사람을 찾고 있었는데 가온이 그녀의 눈에 들어온 것이다.

현 드인 상단의 단주는 세상에는 알려지지 않았지만 전대 남작의 사생아로, 상단을 만들 때 꽤 많은 금전을 투자할 정도로 현 남작과는 사이가 원만했기에 그의 도움을 받을 수 있었던 것이 그나마 다행이었다.

나레인이 이번 여정에 동행한 것도 가온에 대한 정보를 듣고 결정한 것이다.

'일단 거메인 아저씨 말대로 지켜볼 수밖에.'

남작의 장녀지만 후계자도 아니고 실권이 없는 그녀로서는 다른 방법은 없었다. 일단 친분을 다진 후 뭐든 그가 혹할 제안을 하는 수밖에.

두 달이 모두 보이지 않는 트윈 다크 문은 아니지만 오늘은 달빛이 짙게 낀 구름 때문에 시야가 어두워서 가온의 은밀한 움직임은 한층 더 강해졌다.

오크 부락으로 가는 도중에 부슬비까지 내리기 시작했다.

오크 부락이 가까워지자 며칠 전만 해도 보이지 않던 것들이 시야에 들어왔다. 초소까지는 아니지만 목책 곳곳에 엉성하게 만든 초막이 일정한 간격으로 서 있었고, 그 안에는 오크 두세 마리가 배치되어 있었다.

보통 1천 마리 규모의 오크 무리는 전사의 숫자는 약 4할 정도고 족장을 포함해서 검기를 발현할 수 있는 대전사장이 둘에서 세 마리 정도였다.

그런데 가온은 그중에서 약 200여 마리나 사냥을 했다. 추정하는 전사의 절반이 사라진 것이다. 당연히 오크들의 위기의식이 높아질 수밖에 없었다.

그래도 놈들은 다른 일족이나 천적을 의심하지, 인간이 자신들을 사냥한다고는 생각하지 못할 것이다. 그들이 아는 인간들은 주로 기사를 앞세우고 전면전을 지향했으니 말이다.

사주경계를 강화했지만 오크들은 은신 스킬이 아니더라도 어둠을 이용해서 빠르게 움직이는 가온의 움직임을 감지하지 못했다.

심지어 초막에 들어가 있는 오크들은 대부분 졸고 있었다.

오크 부락 가까이 접근한 가온이지만 목책 안으로 들어갈 엄두는 내지 못했다. 부락 안쪽에 있는 초막들과 달리 부락과 가까운 곳에는 곳곳에 전사장들이 배치되어 있었기 때문에 경계가 정말 삼엄했다.

할 수 없이 목책과 일정한 거리를 유지한 상태로 주위를 돌아보던 가온은 오크 부락이 위치한 땅이 멀리에서 봤던 것과 달리 꽤 경사가 있다는 사실을 발견하고 눈을 빛냈다.

광산에서 채굴한 철광석들의 선광이나 제철 때문에 수량이 비교적 풍부한 계곡 바로 아래쪽의 호수 근처에 거주지를 건설하다 보니 완만한 경사지에 광부들이 지낼 가옥을 지은 것이고 이곳을 장악한 오크 역시 그대로 살아온 것이다.

'잘만 하면 큰 노력을 들이지 않고 꽤 높은 전과를 올릴 수 있을 것 같은데.'

오크 부락을 기준으로 바로 위쪽에 있는 계곡의 서쪽은 경사가 대략 40도 정도나 될 정도로 가팔랐다.

전에 있던 광부들이 한 건지 아니면 오크들이 경계 때문에 그랬는지 모르겠지만, 경사지까지 모두 벌목을 해 버렸기 때문에 가파른 경사가 바로 눈에 들어왔다.

오크 부락 근처를 한 바퀴 돌아본 가온의 발길은 자연스럽게 광산으로 향했다.

빠른 걸음으로 20분 정도 올라가야 하는 광산은 밤이라서 텅 비어 있었지만, 앞의 넓은 공터에는 채굴한 철광석들이 산더미처럼 쌓여 있었다.

이전에 이 광산을 개발했던 타르벨 상단 측이 저렇게 많은 철광석을 두고 가지는 않았을 테니, 그동안 오크들이 채광을 했을 것이다.

그동안 사냥했던 오크들이 철제 무기를 가지고 있었던 것을 고려하면 아래쪽에 자리를 잡은 오크 중에서 제련이 가능한 놈들이 있는 것이 틀림없었다.

잠시 광산을 살펴본 가온은 아래쪽 분지에 위치한 오크 부락과 연결된 가파른 경사지를 보면서 머리를 굴렸다.

그렇게 생각을 하면서 주위를 두리번거리던 가온의 눈이 순간 강렬하게 빛났다.

'그래! 바로 저거야!'

눈에 들어온 것은 깊은 계곡에 가득한 거대한 암석들이었다.

상당수는 날카로운 부분이 계곡 양편에 깊이 박혀 있거나 서로 겹쳐 있었지만, 위쪽부터 굴러 내려온 덕분에 비교적 둥근 바위들도 꽤 많았다.

바로 계곡으로 내려간 가온은 20여 분간 위아래를 오르내리면서 크기와 상관없이 비교적 둥근 형태의 바위들을 아공간에 챙겨 넣었다.

그럼에도 불구하고 계곡에는 엄청나게 많은 바위들이 남아 있었다.

이 정도면 됐다 싶어서 작업을 멈춘 가온은 부슬비가 제대로 된 비로 변해 있다는 사실을 깨달았다.

'정말 내일은 제대로 비가 오겠구나.'

그 짧은 시간에 바위 100여 개를 챙긴 가온은 시간을 떠올리며 서둘러 비트로 귀환했다.

조금 더 굵어진 비를 맞으며 은신처에 복귀하니 불침번이 셸럿을 포함한 세 사람으로 바뀌어 있었다.

"대장님!"

"수고하십니다, 셸럿 대장. 별일 없었지요?"

"네. 아무래도 비가 내리기 시작해서 그런지 맹수나 마수까지 움직임을 멈춘 것 같습니다."

일행에게는 좋은 일이다. 근처에 큰 오크 부락이 있어서 위험한 놈들은 없겠지만 그래도 알 수 없었다.

그런데 가온의 목소리를 들었는지 비트 안에서 거메인과 나레인이 나왔다.

"아직 안 잤습니까?"

"아직 시간도 좀 이르고 온 님이 복귀하는 것을 확인하려고 기다렸습니다. 어떻습니까?"

가온은 자신이 확인한 내용을 알려 주자 사람들이 깜짝 놀랐다.

"휴우! 대충 예상은 했지만 이 정도로 수가 불어났는지는 몰랐습니다."

드인 상단에서는 광산과 인접한 분지에 오크 무리가 자리를 잡았으며 그 숫자가 대략 600여 마리 정도라고 추산하고 있었기에 충격이 컸다.

"온 대장님이 숫자를 많이 줄여 주셨지만 아무래도 전면전인 토벌은 힘들겠군요."

숫자가 그렇게 많으니 그렇게 생각하는 것도 당연했다.

거메인과 나레인은 심각한 얼굴이 되었지만 셀럿은 내심 안도했다. 호위 무사들을 훈련시키고는 있지만 아직 기량이 높지 않았고 실전 경험이 부족해서 지금 상황에서 오크를 대대적으로 토벌하는 건 무리였다.

"그럼 계속 이런 식으로 사냥을 나가거나 사냥하고 돌아오는 놈들을 습격하는 식으로 숫자를 줄이는 것에 최선이겠네요."

나레인의 말이 사람들이 고개를 끄덕였지만 가온의 생각은 달랐다.

"그건 쉽지 않을 겁니다."

"네? 왜요?"

"놈들도 머리가 있다면 이쪽이 위험하다는 것은 충분히 짐작할 테니까요."

가온의 말에 거메인과 셀럿이 고개를 끄덕였다.

"행여 이쪽으로 와도 규모와 상관없이 대전사장이나 주술사가 포함된 무리일 가능성도 높습니다."

그렇게 되면 이쪽에서 오히려 긴장해야만 했다.

물론 사냥이야 할 수 있지만 피해가 막심할 것이다. 특히 방패수로 데리고 온 이들이 많이 희생될 것이다.

"대장님 말씀이 맞습니다. 대전사장도 그렇지만 주술사가 나서면 사냥은 무리입니다."

셀럿이 바로 가온의 말에 동의했다.

개체마다 실력에 차이가 크지만 오크 대전사장들은 검기를 능숙하게 쓸 수 있었다. 당연히 현재 전력으로는 감히 비벼 볼 수도 없었다.

주술사도 마찬가지다. 오크 주술사의 주술을 대표하는 버서커는 안 그래도 강인한 육체를 가지고 있는 오크의 전투력을 일시에 50% 이상 높일 수 있었다.

거메인과 나레인은 한동안 말없이 고민했다.

하지만 고민을 하면 할수록 답이 나오질 않았다. 현재 전력으로는 이번 출행의 목적을 지속해서 달성시키기 힘들었던 것이다.

그때 그들과 마찬가지로 뭔가 고심하던 가온이 눈을 빛냈다.

"거메인 씨, 다시 확인하겠습니다. 지금 우리 전력으로 할 수 있는 일은 현실적으로 오크 전력을 최대한 많이 깎아내는 거지요?"

"맞습니다."

가능한 한 많은 오크를 사냥하는 것이 가온에게 의뢰한 내용이다.

"그런 거라면 한번 써 볼 만한 작전이 하나 있습니다."

"뭡니까?"

"정찰을 하다 보니 오크 부락이 위치한 지형이 경사지더군요. 더 위쪽은 급경사지고요."

"그래서요?"

"오크들은 사주경계를 위해서인지 부락 근처는 물론 연결되는 산 중턱까지 말끔하게 벌목을 해 놓았습니다. 그 점을 이용해 볼 생각입니다."

"설마 바위 같은 거라도 굴릴 생각인 건가요?"

기사 아카데미를 나온 나레인은 바로 가온의 생각을 읽었다.

"그렇습니다. 잘 굴러갈 것 같은 둥근 바위들을 챙겨서 벌목한 구간 끝 부분에 꺼내 두었다가 지렛대를 이용해서 오크 부락 쪽으로 굴리기만 하면 됩니다."

"그 작전이 성공하기 위해서는 꽤 많은 숫자가 필요할 텐데요. 바위 크기도 커야 하고요."

나레인이 상기된 얼굴로 적극적으로 의견을 냈다.

"사람 크기보다 큰 것들이 꽤 많았습니다. 평소라면 쉽게 구르지 않을 바위도 이런 빗속이라면 더 잘 굴러갈 겁니다."

이미 상당한 양의 바위를 챙겼다고 말하려던 가온은 문득 한 가지 점을 떠올리고 그 사실을 숨겼다. 만약 그대로 말했다가는 자신이 가지고 있는 아공간 아이템에 사람들의 관심이 몰릴 것 같았다.

"안 그래도 빗줄기가 굵어질 것 같은데 아주 대단한 전술이에요!"

비까지 오면 바닥이 젖어서 바위가 더 잘, 그리고 더 멀리까지 굴러간다.

"결과를 떠나서 시도해 볼 가치가 있는 작전 같습니다. 비가 많이 내리면 오크들은 집에만 머무를 테니 작전이 제대로 먹힌다면 엄청난 전과를 거둘 수 있을 겁니다."

셀럿도 눈을 빛내며 가온의 작전에 찬성했다.

오크들은 폭우 속에서도 활발하게 사냥을 하곤 하지만 보통은 거의 움직이지 않는다. 손재주가 뛰어나지 않아서 전사장 정도가 아니면 아머를 착용할 수 없었기 때문에 오크들은 털이 비에 젖는 것을 싫어하는 것이다.

"그럼 지금 바로 움직여야겠군요."

"아닙니다. 사람들도 지쳐 있고 오크 측도 지금은 경계 태세가 엄중하니 섣불리 움직이지 않는 편이 낫습니다. 쉽게 그칠 비가 아니니 새벽 무렵에 출발해서 긴장이 완전히 풀어졌을 때 그 작전을 시행하는 게 좋을 것 같습니다."

가온도 지금 이동하는 것을 고려했지만 그쪽 근처에는 비를 피할 곳이 전혀 없었다. 게다가 헤븐힐 일행도 없어서 움직이기 좀 곤란했다.

"그럼 그렇게 알고 준비하겠습니다."

셀럿도 가온의 결정을 반겼다. 오크를 비교적 쉽게 사냥했다지만, 이틀 내내 긴장했기 때문에 호위 무사들의 몸 상태가 별로 안 좋아서 지금 완전히 뻗은 상태였다.

＊＊＊

다음 날 새벽, 미리 말해 둔 시간에 헤븐힐 일행이 접속하자마자 출발했다.

사람들은 가온의 뒤를 따라 비를 맞으며 빠르게 걸음을 옮겼다. 그나마 숲을 뚫고 가는 길을 선택해서 망정이지 오크들이 다니는 길을 선택했다가는 진창을 걸어야만 했을 것이다.

상단 호위 무사들은 따로 챙겨 온 로브를 걸쳤고 가온 일행은 그가 내준 리자드맨 서코트를 걸쳤다.

서코트는 원래 갑옷 위에 걸치는 겉옷이라서 무릎길이에 모자는 달려 있지 않았지만, 가온이 로브처럼 머리를 가릴 수 있도록 주문했기 때문에 이런 경우 우의로 사용할 수 있었다.

"이거 물이 전혀 스며들지 않네!"

"리자드맨 가죽으로 만들어서 그래요."

사람들의 만족도는 아주 높았다. 빗줄기는 굵었지만 바람은 거의 없어서 서 코트에 붙어 있는 모자를 쓰면 발목까지는 완벽하게 방수가 되기 때문이다.

원래 메이슨은 서 코트를 만들어서 가죽 상점에 판매를 하려고 했는데, 가온이 약간의 수고비를 주고 전부 챙겨 두었다.

가온은 사람들이 서 코트를 입고 희희낙락하는 모습을 부러운 시선으로 보는 나레인이 좀 걸렸다. 그녀가 걸친 가죽 재질의 서 코트는 디자인도 좋고 잘 마름질을 했지만 방수성은 떨어졌기 때문에 금방 젖고 있었다.

'저럼 무거울 텐데……'

기사 수업을 받은 강인한 여성이지만 가온은 왠지 마음이 걸렸다.

가온은 눈 딱 감고 남은 서 코트 두 벌을 거메인과 나레인에게 건네주었다. 부러운 눈으로 그 모습을 보는 여자 호위 무사들이 걸렸지만 어쩔 수 없었다.

일반인인 거메인은 안 그래도 레더아머가 젖는 바람에 마치 갑옷을 입은 것처럼 온몸이 무거웠기 때문에 크게 기뻐했다.

"감사해요. 그런데 이런 서 코트는 처음 보네요."

남작의 장녀이자 기사의 길을 걸어온 나레인은 서 코트는 많이 입어 봤지만, 모자가 달린 건 처음 봤다. 기사들은 대부분 투구를 착용하기 때문에 이런 디자인의 서 코트는 없었다.

"일부러 이렇게 주문을 했습니다."

꼭 이런 상황을 고려한 건 아니지만 지구에는 모자가 달린 레인코트가 많았고, 평소에 모자가 달린 후드티를 즐겨 입었기에 이렇게 만들어 달라고 했던 것이 다행이다.

가온의 설명에 나레인은 미안한 얼굴로 호위 무사들의 눈치를 봤지만, 그들은 아무렇지도 않은 척하며 묵묵히 걸음을 옮겼다.

어쨌거나 로브와 우의로 비를 최소한으로 맞는 상태로 일행은 빠르게 이동했다.

그래도 폭우와 함께 길이 없는 곳을 선택한 덕분에 혹시 잠복하고 있을 수도 있었던 오크의 경계는 피할 수 있어 다행이었다.

짙은 먹구름으로 인해 사위는 어두웠지만 원래라면 해가 막 뜰 시간에 오크 부락이 바로 내려다보이는 숲에 도착하자 가온은 사냥꾼들을 불러 모았다.

"저희가 뭘 하면 될까요, 대장님?"

"메이슨 씨에게 듣기로 이 서 코트를 연결하면 천막으로 활용할 수 있다고 했는데, 혹시 어떻게 하는지 알고 있는 분이 있습니까?"

"제가 압니다."

나선 사람은 메이슨과 같은 마을 출신인 스톤이었다.

스톤은 익숙한 솜씨로 서 코트의 팔 부분과 하단 끝에 달린 끈을 이용해서 서 코트를 이었고, 얼마 후 일행이 모두 들어갈 정도로 큰 가죽이 모습을 드러냈다.

"다행히 바람은 거의 없으니 나무와 연결하면 비는 피할 수 있을 겁니다."

가온의 말이 떨어지자마자 사냥꾼들은 익숙한 솜씨로 나무를 타고 올라가서 3미터 높이에 서 코트의 팔 부분을 고정시켰다.

그렇게 크게 연결한 리자드맨 가죽을 5미터 정도 떨어진 나무들 사이에 연결하자 사람들은 더 이상 비를 맞지 않게 되었다. 누워서 잘 정도는 아니지만, 어깨를 붙이고 앉아서 충분히 쉴 수 있는 정도의 공간이었다.

비는 갈수록 더 거세지고 있었다. 특히 최근에 벌목이 이루어진 가파른 산비탈의 경우에는 표토가 완전히 젖어 빗물에 쓸려 아래로 흘러내려 가고 있었다.

해가 뜰 시간이지만 오크 부락 쪽은 조용했다. 털이 많아 더 위쪽 지방에서도 사타구니만 겨우 가리고 사는 놈들은 이렇게 비가 많이 오면 거처에서 거의 움직이지 않는다.

가온은 벌목 구간과 숲의 경계에 사람들을 남겨 두고 셀럿과 퍼슨 그리고 나레인만 동행한 채 계곡으로 향했다.

"세 분이 가지고 있는 아공간 주머니의 용량을 잘 생각해서 돌을 선정하세요."

세 사람이 가진 아공간 주머니의 용량은 10평방미터였다.

이론적으로 생각하면 1평방미터짜리 바위 10개를 넣어야 하지만, 굴러가기 좋은 둥근 형태의 바위를 골라야 하니 그보다는 좀 더 적어야만 했다.

계곡까지는 왕복으로 대략 20분 정도 걸렸고 고르는 데 약 10분 정도 걸렸다. 한 번 움직이면 가온까지 합해서 네 사람이 평균 32개의 바위를 가지고 올 수 있었다.

그 시각 사냥꾼들은 굵은 나뭇가지를 잘라서 바위를 굴리는 데 필요한 지렛대를 만들었다.

2시간 정도가 지나자 벌목 구간과 숲의 경계에는 200개 정도의 돌들이 줄지어 놓였다. 그중에는 가온이 미리 챙겨 두었던 것들도 포함되었다.

이제 비가 오는 가운데서도 날이 많이 밝아졌다.

오크 부락 쪽에도 연기가 올라오는 것으로 봐선 늦은 아침 식사를 하는 것 같았다.

"대장님, 고생하셨어요. 스튜를 끓였으니 좀 쉬면서 드세요."

가온이 혼자 애쓰는 게 마음에 걸렸는지 헤븐힐이 다가와서 그렇게 말했다. 이렇게 심하게 비가 오지만 바람이 없어서 음식 냄새를 걱정할 필요는 없었다.

"다들 먹었습니까?"

"아뇨. 대장이 고생하는데 어떻게 먹겠어요."

이런 대접을 원한 건 아니지만 그래도 고생한 것을 알아주

니 마음이 뿌듯했다.

서 코트를 이은 천막으로 비를 막고 있는 곳으로 가니 스튜 냄새가 식욕을 자극했다. 배식을 맡은 패터가 그가 일을 끝낸 것을 확인하고서야 스튜를 나눠 주고 있었다.

"자, 다들 먹지요."

따뜻한 스튜가 속에 들어가자 자신도 모르게 식었던 몸이 금세 따뜻해졌다.

그리고 보니 사람들이 좀 추워 보였다. 비바람이 거센 것은 아니지만 가릴 것이 없었고 이곳까지 오는 동안 가죽옷이 비에 젖어서 체온이 좀 떨어진 것이다.

'이럴 때는 술이 최고지.'

마수와 몬스터의 창궐로 인해서 지금 탄 대륙에서 술의 가치는 그야말로 천정부지로 올라간 상태였다.

하지만 가온에게는 충분한 양의 술이 있었다. 랑트에서는 물론 아그레브에서도 시장에 들를 때마다 가격에 상관없이 맥주며 포도주를 사 두었다.

무엇보다 아그레브를 하루 앞두고 사냥한 블랙팬서에 의해 죽임을 당한 상인이 가지고 있던 아공간 주머니에 증류주가 가득 담겨 있는 크고 작은 나무통이 무려 스무 통이나 있었다.

아공간 팔찌에서 작은 술통 하나를 꺼낸 가온은 마땅한 잔이 없어 할 수 없이 움푹 들어간 목 식기에 술을 일일이 따라

주었다.

"오! 버몬주군요!"

가온은 이게 버몬주라는 사실을 알지 못했지만 술에 정통한 것으로 보이는 거메인은 향만 맡고도 금방 알아차렸다.

버몬주는 싹을 틔운 호밀을 건조시킨 후 발효시켜서 만든 양조주를 증류한 후 버몬이라는 나무로 만든 통 안에 넣어서 숙성시킨 술을 의미하는데, 각 지역의 버몬은 각기 다른 특징을 가지고 있어서 맛과 향이 조금씩 다르다고 했다.

도수가 지구식으로 하면 30도 이상이기에 상당한 독주에 속했는데, 이 세계는 주조나 증류 기술을 비밀로 하고 대규모로 주조하지 않기 때문에 원래 가격도 굉장히 높았다.

뜨끈하고 매콤한 스튜에 따듯해진 몸은 버몬주가 들어가자 혈액 순환이 더욱 빨라지면서 한기가 싹 가셨다.

그렇게 든든하게 먹고 잠시 쉰 사람들이 움직일 준비를 했다.

바람은 여전히 별로 불지 않았지만 빗줄기는 여전히 세차게 내렸다.

오크 부락은 여전히 조용했다. 전사들은 경계 때문에 밤늦게까지 잠을 청하지 못하고 새벽이 되어서야 잠이 들었고, 암컷과 새끼 들도 날이 이러니 꼼짝하지 않고 집에서 나오지 않는 것이다.

벌목 구간의 가장 높은 곳에 자리를 잡고 각각 2미터 정도 간격으로 옆으로 쭉 늘어선 사람들은 평균적으로 인간의 상체보다 더 큰 바위들 뒤에 자리를 잡았다.

약 200여 미터 아래쪽에 있는 오크 부락 쪽으로 향하는 비탈길은 가운데가 오목하게 들어가 있기 때문에 굴린 바위가 어지간해서는 다른 방향으로 굴러가지 않을 것 같았다.

쭉 늘어선 사람들 끝에 자리를 잡았던 패터는 가온이 뒤에서 어깨를 툭 치자 바위 아래 찔러 넣은 굵은 나무 봉을 체중을 이용해서 아래로 눌렀다. 쉬운 일은 아니었지만 헤븐힐과 매디로부터 버프와 축복을 받았기에 충분히 가능했다.

패터가 잡은 나무봉의 손잡이 쪽이 바닥에 닿을 듯 내려가자 둥근 바위가 마침내 움직였다.

처음에는 살살 굴러가던 바위는 아래로 빠르게 흐르는 빗물과 함께 속력이 붙기 시작했고 곧 무서운 속도로 오크 부락을 향해 굴러 내려갔다.

패터를 시작으로 옆으로 천천히 걷는 가온이 어깨를 치는 순간 힘을 주기 시작하는 사람들의 움직임에 따라 바위들이 차례로 오크 부락 쪽으로 굴러 내려가기 시작했다.

한꺼번에 바위를 굴리지 않는 것은 서로 충돌해서 행여 다른 경로로 이탈하지 않을까 하는 우려 때문이었다.

바위들은 제각기 속도가 달라서 어떤 것은 굉장히 빨랐고 또 어떤 것들은 뒤늦게 굴러떨어진 것과 부딪히고 나서야 속도가 붙기도 했다.

가온과 나레인 그리고 퍼슨과 거메인은 계속 움직이면서 아공간 주머니에서 새로운 바위를 꺼내 바위가 놓였던 자리에 놓았고 사람들은 지렛대를 이용해서 그 바위를 아래로 굴렸다.

그렇게 사람들은 각각 일고여덟 번씩 바위를 아래쪽으로 밀어 내렸다.

무려 200개에 달하는 바위들이 더욱 거세진 빗소리를 뚫고 땅을 요동치게 만들었다.

쿠그그!

사람 상체보다 더 큰 바위들이 줄지어 혹은 서로 부딪히면서 아래쪽을 향해 굴러 내려가는 광경은 그야말로 장관이었다.

땅은 완전히 뒤집혀서 거센 격류를 만든 빗물과 함께 아래로 쓸려 내려가서 벌목 구간은 누런 황토와 바닥에 박혀 있는 거대한 바위의 표면이 드러날 정도였다.

빗물과 굴러 내려가는 바위들 때문에 잘 보이지 않았지만 벌써 첫 번째 바위들은 오크 부락의 목책과 초소를 부수고 있었다.

단단한 통나무를 깊이 박아서 만든 목책들도 가속도가 붙은 바위들을 막아 내지 못했다.

오크들의 비명과 나팔 소리는 바위가 굴러가는 소리에 멀리 퍼지지 않았고, 결국 오크 경계병이 있던 초막들도 목책들과 함께 부서져 버렸다.

바위들은 목책과 충돌하면서 속도가 떨어졌지만 이내 뒤이어 내려오는 바위와 부딪혀서 다시 속도가 붙었고 이내 뒤쪽의 바위들과 합세해서 이제 오크들이 지내는 통나무집들과 움집들을 덮쳤다.

평소였다면 목책을 지키던 오크 전사가 공포에 질려 부는 나팔 소리에 다들 집에서 뛰쳐나왔을 테지만 지금은 달랐다.

밤새 내리는 거센 비바람에 제대로 잠을 자지 못해서 늦잠을 자고 있던 오크 전사들은 나팔 소리를 듣긴 했지만 제대로 잠이 깨지 않아 행동이 굼떴다.

오크들이 지축이 흔들리는 굉음과 함께 강력한 진동에 놀라서 집에서 뛰쳐나왔을 때는 도망치기엔 너무 늦어 버렸다.

줄지어 굴러 내려오는 바위들의 행렬에 오크들의 얼굴이 하얗게 질렸다.

오크의 지능이 낮아서 지금과 같은 상황에서 할 수 있는 일은 없었다.

엄청난 속도로 굴러 내려온 바위들은 순식간에 뛰쳐나오던 오크들과 건물들을 덮쳤다.

오크 전사들 중 일부는 어떻게든 바위의 진로를 바꿔 보려고 시도했지만, 그런 오크들도 오래지 않아서 계속해서 굴러 내려오는 바위 행렬에 깔렸는지 보이지 않았다.

바위들의 행렬은 마침내 오크 부락의 반대편 목책을 뚫고 더 아래쪽으로 굴러가다가 멈추었다.

대략 10분 정도 굴러 내려갔다가 겨우 멈춘 바위들에는 대부분 오크의 피가 묻어 있었다.

"……."

바위 200여 개가 지나간 오크 부락을 지켜보는 사람들은 잠시 아무 말도 꺼내지 못했다.

오크 부락은 완전히 사라졌다. 양옆의 목책들만 겨우 제자리를 지키고 있을 뿐 집처럼 생긴 건물은 아예 보이지 않았고, 잔해만이 진흙에 널려 있었는데, 곳곳에 오크의 짓이겨진 사체들이 보였다.

가온은 일행을 섣불리 움직이지 못하도록 했다.

눈에 보이는 현장을 보아서는 살아 있는 놈들이 별로 없어 보였지만, 검기를 사용하는 대전사장 정도라면 이런 상황에서도 목숨은 부지할 수 있을 거라고 생각했다.

사태가 끝나고 약 5분 정도가 지나고 가온의 생각대로 살아남은 오크들이 하나둘 모습을 드러냈다. 숫자는 대략 오십 마리 정도였는데, 그중 우람한 체구를 가진 개체들도 네 마리나 되었다.

하지만 대부분의 오크는 팔다리가 뒤틀어졌거나 다리가 부러졌는지 제대로 움직이지 못해서 성한 동료의 부축을 받고 있었다.

"갑시다! 다시 말하지만 목책이 있던 곳까지만 이동해서 원거리 공격을 유지해야만 합니다!"

물론 바로 아래로 내려가는 건 아니다. 마지막으로 각자 1개씩의 바위를 더 굴린 후 그 뒤를 따라 내려가기로 했다.

쿠그그긍!

바위들이 또다시 굉음을 내며 비탈길을 굴러 내려가기 시작했다. 비탈길의 표토들은 거의 빗물과 바위들 때문에 거의 사라진 상태라서 단단한 암석들이 드러나 있었기 때문에 소리나 굴러 내려가는 속도는 이전보다 더 빨랐다.

가온 일행은 마지막 바위들을 따라서 신속하게 아래로 내려갔다.

빗물과 바위들 때문에 땅속 깊숙한 곳까지 모두 드러난 상태라서 내려가기에는 오히려 더 나았다. 발이 푹푹 빠질 정도는 아니었다.

그렇게 오크 부락의 목책이 있던 자리까지 내려간 일행은 창을 던지거나 화살을 쏠 준비를 하다가 아래쪽 상황을 보고 잠시 움직임을 멈추었다.

처참했다.

인간들과는 공존할 수 없는 존재지만 지금 보이는 오크들의 사체는 잠시 그런 생각을 잊게 만들었다.

부서진 집터에는 잔해가 핏물로 붉게 물들어 있었고 보이는 오크 사체들은 온몸의 뼈가 다 부러진 데다 육포처럼 납작해져 가죽과 뼈만 남은 것이 대부분이었다.

간신히 살아남은 오크들은 고통에 울부짖었고 일부는 일행을 향해 증오의 눈빛을 한 채 달려오고 있었다.

플레이어들은 할 말을 잃을 정도로 큰 충격에 빠져서 벗어나지 못했지만, 이 세계를 살아가는 이들은 달랐다.

"와아아!"

"잘됐다, 이 새끼들아!"

사냥꾼들과 청년들은 일제히 환호성을 지르거나 쌓인 한을 푸는 듯 소리를 질렀다. 그들에게 있어 오크들은 자신의 가족과 친지를 사냥해서 먹는 잔혹한 몬스터일 뿐이었다.

그때 인간들을 향해 달려오는 이십여 마리의 오크가 있었다.

놈들은 대부분 몸 한 곳이 성치 않아 보였는데, 인간들이 바위를 굴려 부락을 파괴하고 일족 대부분을 죽였다는 사실을 깨달은 듯 광기에 찬 노성을 지르며 달려오고 있었다.

가온도 그 모습을 보고 겨우 정신을 차렸다.

"창 들엇!"

가온의 명령에 진정한 사람들이 일제히 창을 잡고 준비 자세를 취했다. 물론 사냥꾼들은 활이 부러질 것처럼 시위를 강하게 당기고 있었다.

"던져!"

푹! 푹!

섬뜩한 파육음과 함께 온몸이 창과 화살에 꿰뚫린 채 고꾸라지는 오크들이었지만, 이미 광기가 폭발한 듯 살아남은 오크들은 계속해서 달려오고 있었다.

그중에는 시퍼렇게 빛나는 글레이브를 들고 빠르게 달려오는 놈들도 있었다.

"족장과 대전사장급으로 보입니다!"

남다른 체격을 가진 오크 네 마리는 비처럼 쏟아지는 창과 화살 세례를 글레이브로 쳐 내면서 가까이 접근했다. 검기를 운용해서 팔이 보이지도 않을 정도로 빠르게 글레이브를 휘둘러 창을 부러뜨리거나 쳐 낸 것이다.

그때 마법사인 타이린과 헤븐힐 그리고 바로의 마법이 그런 놈들 중 한 마리에게 발동되었다.

"속박!"

세 사람이 익힌 3서클 마법 정도로는 방심한 상태가 아니고서는 검기를 쓰는 놈에게 거의 피해를 주지 못했다.

놈들은 당연히 마나를 이용해서 마법을 깨뜨리려고 했지만 바위를 쳐 내느라 마나를 크게 소모한 상태에서 가까운 거리, 그것도 세 명이 동시에 펼친 마법이라 불과 몇 초 동안은 어쩔 수 없이 몸은 굳을 수밖에 없었다.

당연히 무정한 창과 화살은 그런 놈을 향해 날아갔다.

푹! 푹! 푹!

아무리 검기를 사용할 수 있는 능력이 있어도 이런 경우는 어쩔 수 없었다.

온몸에 창이 박힌 놈은 기어코 몇 걸음을 더 걸었지만 결국 쓰러지고 말았다.

그렇게 잡은 놈들이 둘이나 되었다. 만약 놈들이 함께 공세를 취했다면 가온 일행도 무척 위험했을 것이다.

남은 숫자는 둘로 하나는 족장으로 보였고 다른 하나는 대전사장이었다.

두 놈이 가까워지자 가온이 날듯이 족장을 향해 달려 내려갔고 다른 하나에게는 셀럿과 샘슨 그리고 타람 남매가 쇄도했다.

헤븐힐과 매디에게 버프와 축복을 받은 가온은 흑검에 마나를 주입해서 검광을 발현했다.

그의 검광은 정순한 마나가 아니라 혼탁한 마나를 주입해서 만든 검기 정도는 무난하게 견딜 수 있었다. 그렇기에 자신 있게 오크 족장을 상대할 생각을 한 것이다.

한 번의 도약으로 3미터 높이로 뛰어오른 가온은 흑검을 한쪽 허벅지에 화살이 박혀서 움직임에 제한이 있는 오크 족장의 머리를 향해 휘둘렀다.

쾅앙!

오크 족장의 글레이브가 흑검을 받아 냈지만 가온의 몸은 충격의 반동과 점핑 앤 플라잉 스킬을 이용해서 다시 날아오르더니 떨어지면서 또다시 흑검을 내리쳤다.

꽝!

흑검을 쳐 내고 공격을 준비하던 오크 족장은 예상치 않았던 두 번째 공격을 막아 내다가 흑검에 실린 강력한 힘에 밀려 두 다리가 발목까지 땅에 박혔다.

오크 족장의 상황을 파악한 가온은 이제는 빠르게 놈의 주위를 돌면서 흑검으로 놈의 급소를 찌르고 베는 공격을 빠르게 가했다.

오크 족장은 가온의 빠르고 수시로 변하는 공세에 공격은 엄두도 내지 못하고 글레이브로 겨우 막아 내고만 있었다.

본래 점핑 앤 플라잉 스킬은 공중에서 한 번 더 도약을 하거나 자세를 바꿀 수 있게 해 주지만, 지금은 오크 족장의 힘을 이용해서 더 체공을 하거나 고난이도의 동작이 가능했다.

꽝! 꽝! 꽝!

검광과 검기가 발현된 무기들이 굉음을 낼 때마다 오크 족장의 두 다리는 젖은 흙속으로 깊이 박히고 있었다.

전투에 배제된 사람들은 마치 새처럼 공중에서 몇 번이나 다시 날아올랐다가 아래를 향해 흑검을 내리치거나 눈에 보이지도 않을 정도로 오크 족장의 주위를 돌면서 찌르기 공격을 감행하는 가온의 능력에 크게 경탄했다.

"저게 가능한 건가요?"

"저도 잘 모르지만 정말 대단합니다."

나레인은 믿을 수가 없었다. 그녀도 어릴 때부터 많은 기사를 만났고 그들의 대련을 보아 왔지만, 어떤 기사도 저렇게 한 번 도약한 후 거의 1분이 넘게 땅에 내려오지 않고 계속 허공에 머무르며 연속적으로 빠르게 공격을 하는 모습을 보지 못했다.

'마나 고갈이다!'

가온은 연속된 공격을 받아 내던 오크 족장의 글레이브에서 검기가 순간적으로 사라졌다가 나타나길 반복하자 기회가 왔다는 것을 깨달았다.

그의 몸이 이번에는 같은 자리가 아니라 오크 족장의 뒤쪽으로 날아갔다.

파앗!

오크 족장은 위험을 감지한 듯 반사적으로 몸을 돌리려고 했지만, 놈은 자신의 두 발이 젖은 땅에 무릎까지 박혀 있다는 사실을 망각했다.

허공에서 빠르게 날아 내리던 가온의 흑검에 또다시 검광이 발현되었다.

아무리 검기를 사용할 수 있는 실력자라고 할지라도 몸 전체가 아니라 허리와 목만 반쯤 돈 불안정한 자세로는 검광을 발현한 흑검을 감당할 수가 없었다.

결국 오크 족장은 자신의 굵은 목으로 강격 스킬을 펼친 흑검을 막을 수밖에 없었다.

서걱!

털썩!

머리통이 떨어진 몸통은 분하다는 듯 부르르 떨더니 이내 주저앉았다.

한편 타람과 로에니 그리고 셀럿과 샘슨은 검광을 발현해서 또 다른 오크 대전사장이 마구 휘두르는 검기를 몇 번이나 감당하고 있었다.

넷 다 검광으로 검기를 감당하고는 있었지만, 오크 대전사장의 공격이 워낙 빠르고 위력적이라 받아치거나 피하는 데 급급해서 제대로 된 공격은 엄두도 내지 못했다.

그나마 그들이 이 정도로 버틸 수 있는 건 사냥꾼들은 화살을 쏘아 댔고 마법사들은 연신 속박 마법으로 걸어 주었기 때문이다.

놈이 속박 마법에 걸려 순간 멈칫하는 사이에 화살들이 놈의 다리와 팔에 박혔고, 세 사람의 빛나는 검은 놈의 검기를 간신히 감당했지만, 한번 부딪힐 때마다 충격으로 인해서 수 미터씩 뒤로 날아갔다.

그때 오크 족장을 처리하고 마나 포션과 체력 포션을 들이켠 가온이 서둘러 전장에 가세했다.

네 사람보다는 오래, 그리고 빠르게 검광을 발현할 수 있는 가온이 가세하자 오크 대전사장은 더욱 날뛰었지만 그것도 잠시 팔다리에 입은 부상으로 인해 움직임이 느려졌다.

몇 차례 더 이어진 공방에서 오크 대전사장의 가슴이 잠깐

열린 순간 가온이 흑검에 검광을 발현해서 안으로 저돌적으로 파고들었다.

푹!

글레이브를 놓아 버린 오크 대전사장이 자신의 가슴을 뚫고 들어간 흑검을 쥐고 가온을 향해 눈을 부릅떴지만 이내 눈에서 빛이 꺼졌다.

마나를 주입해서 흑검을 놈의 몸에서 빼낸 가온은 주위를 둘러보았다. 아직도 투기를 잃지 않고 온몸에 화살과 창이 꽂힌 상태로 어떻게든 싸우려는 오크들이 보였다. 대전사장에 근접한 전사장들이었다.

'달리 몬스터가 아니군.'

가온은 자신이 기획하고 실행한 학살 현장을 보고 욕지기가 올라왔지만 마음을 다잡았다.

"아직 살아 있는 놈들이 있습니다! 다들 힘들겠지만 마무리를 해야 합니다!"

전투가 끝난 건 아니다. 이제 확인 사살을 할 차례였다.

여전히 굵은 비가 그칠 생각을 하지 않아 몸은 다시 푹 젖은 상태지만 지금은 어쩔 수 없었다.

오크는 복수심이 무척이나 강한 몬스터다. 한 놈이라도 살려 두면 나중에 후환이 될 수 있었다. 특히 수명이 짧은 대신 평생 살면서 약 오십여 마리의 새끼를 낳는 암컷의 경우 무조건 죽여야만 했다.

마무리에는 상단 호위 무사들과 마을 청년들은 제외했다. 오크는 숨이 완전히 끊어지기 전까지는 상처 입은 맹수와 마찬가지로 위험했다.

아직 죽지 않은 놈들의 숨통을 끊는 것은 주로 사냥꾼들이 맡았다. 사냥꾼들이 가까이 접근해서 화살로 머리를 쏘아 사살했다.

타람 남매와 셀럿 그리고 샘슨은 그런 사냥꾼들을 뒤따르면서 마지막 공격을 감행하는 놈들을 맡아서 처리했다.

다만 수색을 하려면 기둥 등 무너진 집의 잔해를 치워야만 했기에 모두가 힘을 합쳐야만 했다.

예상한 대로 무너진 집 안에서도 살아 있는 오크들이 일부 있었다. 주술사로 추정되는 개체가 대표적이었는데 놈은 영악하게도 거처하던 통나무집의 지하 깊숙한 곳에 숨어 있었다.

무너진 충격에 다친 놈은 가온에게 발견된 상태에서도 주술을 쓰려고 했지만, 주술이 발동하기 전에 가온이 발사한 볼트에 머리통이 완전히 부서져 버렸다.

이제 더 이상 살아 있는 오크는 없었다.

'마력 탐색 스킬이 아니었다면 놓칠 뻔했어.'

가온은 마력을 파동 형태로 방출해서 10미터 거리 안에 있는 마나의 흔적을 찾아내는 마력 탐색 스킬로 오크 주술사를 찾아낸 것이다.

그래도 놈이 바위를 피하느라고 상당한 부상을 입은 상태가 아니었다면 이렇게 쉽게 처리하지 못했을 것이다. 가온 일행에게는 아주 다행한 일이었다.

가온은 내심 안도하면서 앙헬로 하여금 주술사의 것으로 보이는 전리품들을 모조리 챙기도록 했다.

그렇게 모든 오크를 처리한 후에도 일은 남아 있었다. 마정석을 적출하는 일이었다.

전리품에 대한 권한이 없는 드인 상단 측으로서는 도울 이유가 없었지만, 호위 무사들이 자발적으로 나서서 도왔다.

놀랍게도 오크 족장과 대전사장들은 상급 마정석을, 주술사는 중상급 마정석을 품고 있었다.

그렇게 마정석을 적출한 오크 사체는 가죽이 멀쩡한 것들은 아공간으로, 가죽이 심하게 손상되었거나 어린 개체들은 모두가 다시 힘을 합쳐서 파낸 구덩이들 속으로 던져 넣는 식으로 묻어 버렸다.

그 일을 끝내는 순간 플레이어들은 거의 동시에 안내음을 듣고 희색이 되어 눈이 휘둥그레졌지만 가온만큼은 아니었다.

─전 서버 최초로 오크 족장이 다스리는 대규모 무리를 효율적으로 사냥하는 믿기지 않는 공적을 세웠습니다! 보상으로 칭호와 특성. 아이템을 획득합니다!

—레벨이 8 상승합니다!

이건 미쳤다! 레벨이 단번에 무려 8이나 상승한 것이다.
재빨리 보상을 확인해 봤다.

칭호 : 오크 학살자

등급 : 희귀
특전
—하위 칭호를 흡수해서 오크를 상대로 전투력이 30% 상승한다.
—모든 오크 종족을 대상으로 강한 공포를 유발한다.

이전에 얻었던 오크 학살자 칭호보다 특전의 내용이 높아
졌는데, 그 칭호의 효과가 더해진 것 같았다.
아무튼 이 칭호로 인해서 더 이상 오크는 두려워할 필요가
없을 것 같았다.
이번에는 거의 나오지 않는 보상인 특성에 집중했다.

특성 : 전략가

등급 : A
상세
—목표와 지형지물 등 정보의 질과 양이 상승하면 상황에 알맞은 전략 혹은
전술을 구상할 수 있다.
—지력 +15

특성은 오랜만인데 이번에도 등급이 높았다. 전술 역량이 올라가는 것도 기분이 좋아졌지만 수련으로는 쉽게 올릴 수 없는 지력 스텟이 15나 높아지니 더할 나위가 없었다.

마지막으로 아이템을 확인했다.

오크 족장의 징표

등급 : 희귀+
상세
−전투 시 20분 동안 근력을 30% 높여 준다.
−전투 시 10분 동안 마나를 30% 높여 준다.

오크 족장의 징표는 전투 시 근력과 마나를 30% 높여 주는 효과는 같았지만, 지속 시간이 길어서 앞으로 오크를 사냥할 때 큰 도움을 줄 것으로 기대되었다.

'쓸 만하네.'

오크나 늑대처럼 무리를 지어 공격을 하는 놈들을 상대할 때 특히 쓰임이 클 것 같았다.

마지막으로 상태창을 확인해 보니 벌써 레벨이 78이었다.

'현재 1위 랭커의 레벨이 54라고 했지.'

공개할 수가 없는 점은 좀 아쉬웠지만 더욱더 인기를 끌고 있는 어나더 문두스의 최강자는 바로 자신이라는 점이 너무나 뿌듯했다.

스텟 창에도 변화가 있어 지력은 단숨에 15가 상승했고 몇 가지 스텟들도 소소하게 올라가 있었다.

'크하하하!'

소리 내어 웃고 싶은 것을 간신히 참았다.

추가 의뢰

사람들이 잠시 머물렀던 장소로 되돌아가서 쉬고 있을 때 참관만 했던 나레인과 거메인은 비를 맞으면서도 죽은 오크의 숫자를 확인했다.

조사를 끝내고 숙영지로 돌아온 나레인이 가온에게 간략하게 조사한 내용을 말해 주었다.

"어제까지 사냥한 오크가 120마리에 이번에 사냥한 오크는 무려 790마리나 되네요."

그럼 총 910마리였다. 그 전에 사냥한 것까지 합하면 거의 1,100마리 정도나 되는 엄청난 규모였던 것이다.

"자세하게 말씀드리면 대전사장 등급은 족장을 포함해서 다섯 마리였고, 주술사가 여섯 마리 그리고 전사가 340마리 정도로 파악했어요. 나머지는 암컷과 덜 자란 새끼들이었고요."

나레인의 말에 가온은 내심 놀랐다.

'대전사장이 다섯 마리라고? 내가 파악한 것보다 숫자가 더 많았군.'

마지막까지 놈들이 모두 생존해 있었다면 오히려 이쪽이 위험할 뻔했다.

보통 1천 마리 규모에 대전사장이 족장을 포함해서 두세 마리가 일반적이라는 점을 고려하면 굉장히 큰 무리였다.

새삼 주술사를 비교적 쉽게 처리한 것이 다행이라는 생각이 들었다. 놈이 버서커와 같은 범위 주술로 전투력을 높였다면 이 인원으로는 절대로 이런 엄청난 전공을 세울 수 없었을 테니 말이다.

새끼들의 숫자가 무리 규모에 비해 적었던 것은 암컷 대부분이 임신 중이었다는 사실을 고려하면 이해가 되었다.

거메인은 바로 약속한 대로 보수를 지급했다. 기본 100마리에 200골드에 추가 한 마리당 4골드였는데 암컷과 새끼는 2골드로 계산에 넣었으니 당연히 엄청난 액수였다.

100골드짜리 골덴 24개가 든 가죽 주머니와 60골드가 들어 있는 가죽 주머니를 받은 가온의 얼굴은 덤덤했지만 내심 기뻐서 어쩔 줄을 몰랐다.

"사실 이 정도까지 놀라운 전과를 거둘 줄은 몰랐습니다!

그래도 최근 다른 곳으로 향하는 길이 열리면서 못 받았던 대형 거래의 대금을 받게 되어 다행입니다. 그마저도 탈탈 털었지만 말입니다."

직접 보수를 지급한 거메인이 고개를 절레절레 흔들었다.

그래도 원래 드인 상단에서 토벌을 위해 잡았던 예산 5천 골드에 비하면 절반 정도밖에 안 되기에 기쁜 표정은 숨기지 못했다.

보수를 받은 가온도 놀랐다. 여기에 마정석 등 부산물을 고려하면 그야말로 대박을 친 것이다. 얼추 던전의 정보를 가지고 번 돈과 비슷한 규모였다.

'이 정도로 많이 벌 줄은 몰랐는데. 보너스를 빵빵하게 챙겨 주어야겠구나.'

던전에 대한 정보로 큰돈을 벌어서 큰 감흥은 없었지만 그래도 기대한 것보다 몇 배나 많은 돈을 받으니 고생한 보람이 있었다.

"정말 고생하셨습니다. 그리고 이렇게 기발한 작전으로 놀라운 전과를 거둔 것에 경의를 표하고 싶습니다."

"정말이지 기상천외한 전술이었어요. 이런 적은 인원으로, 그것도 절반 이상은 무기도 제대로 사용하지 못하는 이들을 데리고 이런 전과를 만들어 내다니 정말 믿을 수가 없군요. 이 사실이 세상에 알려지면 다들 깜짝 놀랄 거예요."

나레인도 거메인 이상으로 흥분한 상태였다. 제대로 된 토벌대가 꾸려질 때까지 최대한 많이 오크의 숫자를 줄여 주기를 희망하면서 한 의뢰였는데, 토벌이 필요 없게 된 것이다.

"그래서 말인데 이건 소문이 퍼지지 않았으면 좋겠습니다."

자신이 생각해도 믿기지 않은 결과를 만들어 냈지만, 가온은 이 소문이 널리 퍼져서 자신이 주목을 받는 것은 피하고 싶었다.

"왜 굳이?"

거메인은 물론 나레인도 가온의 말이 이상했는지 눈이 커졌다.

사실 가온이 앞으로도 계속해서 사냥이나 의뢰를 할 거라면 무명(無名)인 것보다는 이름값이 높은 것이 좋았다. 의뢰 수준이나 보수가 높아질 뿐 아니라 의뢰를 받기도 쉬웠다.

"주목을 받는 것은 좋은데, 너무 과한 관심을 받게 되면 운신의 폭이 좁아집니다."

그렇게 말하는 가온의 속내는 이랬다.

앞으로 가온은 레벨 업을 위해서 좀 더 강력한 사냥감이나 던전을 찾을 생각인데, 자신에 대한 관심이 높아지면 주시하는 이들이 생길 것 같았다.

지금 경매 중인 사령술사의 던전만 해도 바로의 말에 따르면 게시자의 정보를 알아내려고 다양한 세력이 사이트 운영사에 압력을 가하거나 해킹을 시도하고 있다고 한다.

예지몽으로
히든랭커

이런 상태에서 그의 이름이 알려지고 주목을 받게 된다면 비록 현지인으로 알려졌다고 하더라도 그의 정체를 궁금해 하는 자들이 나타날 것이다.

자신의 전직을 담당한 두 스승은 비밀을 지켜 주실 테지만, 다른 전직 과정을 조사하게 되면 자신이 이계인이라는 사실은 쉽게 밝혀질 수 있었다.

혹시라도 지난번에 판매한 리자드맨의 던전 발견자도 자신이라는 점까지 알려지게 되면 그동안 벌어들인 막대한 돈을 노린 탐욕스러운 자들을 상대해야 할 수도 있었다.

무엇보다 등록되지 않은 프리우스급 캡슐을 사용하고 있다는 사실이 알려지면 세이뷰어 컴퍼니 측에서 어떻게 나올지 알 수 없었다.

사실 이건 괜한 걱정이 아니다.

예지몽 속에서 아직 어나더 문두스를 시작하기 전에 불과 며칠에 불과하지만 게임 관련 검색만 하면서 시간을 보냈었다.

그때 기억을 떠올려 보면 고가의 아이템을 경매에 올렸거나 희귀 정보를 판매했던 플레이어들이 현실에서도 강도질을 당하거나 납치를 당했다는 찌라시와 같은 내용이 게임즈 인포나 다양한 게임 관련 레딕에서 종종 올라온 적이 있었다.

'랭킹에도 등록되지 않는데 굳이 날 드러낼 필요는 없지.'

자신이 현실은 물론 어나더 문두스에서도 그런 자들을 상대할 정도로 막강한 세력이나 배경을 가지고 있다면 모르지만 그렇지 않으니 조심해야만 했다.

"알겠습니다. 이곳에 함께 온 이들의 입만 통제하면 되니 별로 어려울 것은 없습니다."

나레인은 광산과 관련된 기술자 등 인력을 구해야 하는 상단 입장에서는 오히려 더 좋다는 사실을 깨달았다.

가온의 부탁에 긍정적인 대답을 했던 거메인도 그러는 편이 상단 입장에 도움이 된다는 사실을 추가로 깨달았다.

'회의를 해 봐야겠지만 이 일이 세상에 알려져도 공적을 우리 드인 상단에서 차지하면 광산에 필요한 인력을 구하는 과정은 물론 상단을 키우는 데 큰 도움이 될 거야.'

마수와 몬스터의 창궐로 인해서 큰 피해를 입은 용병들은 아직까지 몸을 사리고 있다.

이런 상황에서 이십여 명 정도의 조력자가 포함되긴 했지만, 드인 상단의 호위 무사 전력으로 광산을 점거한 오크들을 몰살했다는 사실이 알려지면 실력자들을 구하는 건 물론이고 위험을 이유로 광산에서 일하기를 거부하는 광부들을 구하는 데도 큰 도움이 될 것이다.

"아무튼 온 대장님 덕분에 광산도시를 건설하는 일이 아주 편해졌습니다. 계획에도 탄력이 붙게 되었고요. 정말 감사합니다."

"운이 좋았지요."

가온은 거메인의 감사 인사를 담담하게 받았다.

가온은 일행이 전투의 피로로 잠을 자거나 쉬는 동안 잠시 주위를 둘러보겠다고 말하고 빗줄기를 뚫고 광산 쪽으로 움직였다.

'철광석 더미를 굳이 남겨 둘 필요가 없지.'

드인 상단에서 파견된 사람들은 굵은 빗줄기로 인해서 피어오른 안개 때문에 계곡 건너편에 있는 광산을 제대로 보지 못했다.

광산 앞의 넓은 공터에 도착한 가온은 산을 이루고 있는 철광석 더미를 앙헬로 하여금 챙기게 했다. 50레벨이 되면서 공간이 열 배나 확장된 자신의 아공간이라도 이 엄청난 철광석을 다 집어넣으면 여유가 많지 않을 것이다.

가온은 철광석을 챙기는 데 아무런 가책도 받지 않았다. 이건 그가 생각하기에 의뢰에 따른 정당한 전리품에 해당했다. 드인 상단 측에서 이것까지 요구하지는 않았으니 말이다.

'못 봤으면 상관없지.'

그렇게 엄청난 양의 철광석을 챙긴 가온은 이번에는 직접 갱구 안으로 들어가 봤다.

갱구는 거의 수평으로 20미터 정도 이어졌다가 두 갈래로 갈라졌는데, 두 곳 모두 벽에 철 광맥이 선명하게 드러나 있었다.

'매장량이 얼마나 될까?'

가온은 정말 궁금해서 오랜만에 벼리를 불러 물어보았다.

'벼리야, 혹시 이 세상에서 매장량을 알 수 있는 방법이 있겠니?'

―가능해요. 음. 대략 3천만 톤 정도예요.

매장량을 물은 것이 아니라 그 방법을 물었는데 벼리는 무슨 수를 썼는지 금방 매장량을 산출해 냈다.

'엄청나네.'

3천만 톤이 얼마나 많은 양인지 감이 오지 않았지만 많은 것만은 사실이다.

―매장량은 이쪽 세상의 광산 중에서는 낮은 편이지만 품위가 높아서 잘 개발하면 큰 이익이 나올 것 같아요.

3천만 톤이나 되는데 규모가 작다니 이해가 안 갔지만 처음 들어 보는 단어가 나왔다.

'품위?'

―품위라는 건 광석에서 유용한 성분이 얼마나 포함되어 있는지의 비율을 말하는데, 철광석의 경우 제철용은 60% 이상이라야 해요.

이제 대충 이해가 간다.

'이곳 철광석의 품위가 얼마나 되는데?'

-평균 76%예요. 제철용은 60% 정도면 채산성이 있다고 판단하니 무척 높은 편이지요. 게다가 지표 가까이 지나는 철 광맥이 두껍고 밀집도가 높아서 깊이 파 들어가지 않아도 쉽게 철광석을 채굴할 수 있어요.

하긴 갱도가 아래로 파 들어가는 것도 아니고 거의 수평으로 이어졌었다.

거기에 분기점에서도 약 10미터 정도밖에 안 들어가서 갱도가 끝이 났으니 앞으로 꽤 오랫동안 비교적 쉽게 철광석을 채굴할 수 있을 것이다.

새삼 벼리가 어떻게 매장량을 알아냈는지 궁금했지만, 복잡한 설명을 할 것이 분명해서 굳이 묻지 않았다.

'수고했어. 종종 도움을 청할게.'

-언제든요. 저도 오빠에게 도움이 된다니 기뻐요.

벼리와 의념대화를 마친 가온은 새삼 이 철광산의 가치에 감탄했다.

'드인 상단에서 대박을 잡았군.'

안 그래도 마수와 몬스터의 창궐로 인해서 수많은 광산을 잃은 상황을 고려하면 5천 골드로 이런 광산을 매입했으니, 완전히 남는 장사였다.

물론 남은 문제도 심각하기는 했다.

'제대로 된 방어력을 갖춘 광산도시를 건설하는 게 쉬운 일은 아니지.'

물자도 그렇고 다양한 직군의 사람도 엄청나게 많이 필요하다.

그렇게 광산을 살펴본 가온은 일행이 쉬고 있는 곳으로 복귀하려다가 우연히 본 계곡 위쪽에 있는 큰 동굴을 떠올렸다.

굴릴 둥근 형태의 바위를 찾다가 발견한 동굴은, 광산에서 불과 5분 정도만 올라가면 나왔다. 계곡과 가까워서 물을 구하기 쉬웠고 계곡에서 대략 12미터 정도 위쪽에 있어서 안전 면에서도 안성맞춤이었다.

들어가 보니 생각보다 공간이 무척 컸다. 입구에서 불과 4~5미터 정도만 들어가면 나오는 큰 공간은 이런 빗속에서도 건조했고, 짐승의 배설물 등을 치우고 조금만 넓히면 일행 모두가 들어가도 충분했다.

아마 채굴을 하다가 광맥이 끊어져서 멈춘 것 같은데 오르내리는 것이 좀 문제지만 조금만 손을 보면 마을 청년들도 충분히 이동할 수 있을 것 같았다.

'비가 언제까지 올지 알 수 없지만 일단 오늘은 여기에서 쉬자.'

가온은 흑검에 마나를 주입한 후 10여 분에 걸쳐서 위쪽에서 동굴까지 내려가는 사선을 그리는 길을 다듬었다. 이동을 방해하는 바위들만 부수거나 깎아 내기만 하면 되어서 작업은 어렵지 않았다.

대충 동굴을 사람이 쉴 수 있는 공간으로 만든 가온은 일행을 데리러 가는 도중 문득 한 가지 생각이 떠올랐다.

'이번 바위 공격을 또 쓸 수 있을까?'

가능할 것 같았다. 고블린은 몰라도 사냥을 통해 먹을 것을 마련하는 오크들은 주로 산과 인접한 곳에 자리를 잡는 경향이 있었다.

가온은 방향을 바꾸어 오크 부락 쪽으로 내려갔다.

오크 사체들은 모두 사라졌지만 바위들이 빚어낸 참상은 그대로 남아 있었다. 사람들이 치운 통나무집과 움집의 잔해와 오크들이 사용하던 생활용품들이 거의 부서진 상태로 흙속에 묻혀 있었다.

물론 가책 같은 건 전혀 없었다. 오크들은 인간에 대해서는 맹목적인 적대감을 가지고 있었고 인간을 식량으로 사용하는 놈들이니 말이다.

더 아래쪽에 있는 평탄지로 더 내려가자 굵은 빗줄기에 말끔해진 바위들이 눈에 들어왔다. 오크들의 핏물들이 거센 빗물에 모조리 씻겨 사라진 것이다.

가온은 심하게 부서진 것들을 제외하고 150여 개의 바위를 모두 챙겼다. 아공간에 여유가 있으니 이런 점에서는 참 좋았다.

광산을 내려오던 가온의 눈에 제철소가 들어왔다.

'챙기려 작정했으니 저곳까지 확인해 봐야겠네.'

가온은 비를 맞으면서도 제철소로 향했다.

건물은 오크들이 제대로 관리를 하지 않아서 무척 지저분해 보였는데, 안으로 들어가 보니 철광석을 넣고 녹여서 쇳물을 빼낸 것으로 보이는 다섯 기의 제련로가 가장 먼저 보였다.

그리고 다른 한쪽에는 전형적인 대장간에서 사용하는 도구들이 널려 있었다.

장인 오크들은 생각보다 기술이 뛰어났었는지 한쪽에는 철괴가 수북하게 쌓여 있었고, 단조 과정을 통해 이미 완성되었거나 만들고 있었던 글레이브와 화살 그리고 상체를 가리는 아머들도 보였다.

가온은 앙헬로 하여금 제련로 세 기와 철괴, 무기들 그리고 철광석들을 챙기게 했다. 다른 사람들 눈을 생각해서 제련로 두 기는 남겨 두어야만 했다.

'언젠가 이것들이 필요할 수도 있지.'

아공간에 여유가 없다면 모르지만 앙헬이 있는 한 쓸 만하다고 생각되는 건 다 챙길 생각이다.

그렇게 철광산과 제철소에서 볼일을 다 본 후에야 일행이 있는 산 위로 향했다.

가온이 비를 푹 젖은 모습으로 복귀하자 나레인이 마른 수
건을 들고 있는 거메인과 함께 다가왔다.

"쉬지도 못하고 수고하셨어요. 주위는 어때요?"

"감사합니다. 가까운 곳만 살펴봤는데 현재로서는 위험
요소가 없는 것 같군요."

받은 수건으로 젖은 얼굴을 닦으면서 대답했다.

"혹시 광산은 살펴보셨나요?"

"네. 광산은 텅 비어 있었습니다. 다만 광산으로 올라가는
길은 오크들도 사용했는지 잘 닦여 있는 편입니다."

"확실히 이곳의 오크들은 기본 수준이지만 제철과 제련이
가능했던 모양이네요. 수거한 갑옷들이나 무기의 재질이 강
철은 아니었지만 강도가 높았어요."

광산 앞에 쌓여 있던 철광석 산을 챙긴 가온은 나레인의
말에 순간 찔렸지만 애써 표정 관리를 했다.

"이 광산에서 나온 철광석은 품위가 높아서 오크들도 쉽게
철을 뽑아냈을 겁니다."

"고블린이나 오크 중에서 대장 관련 스킬을 쓸 수 있는 개
체들이 있다는 건 들어 봤지만 진짜일 줄은 몰랐어요."

"그건 확실합니다. 호숫가에 있는 제철소나 그 주변에 숯
가마가 5개나 남아 있었고, 호숫가의 점토로 만든 제련로와
대장장이 작업을 하던 건물 역시 최근까지 사용한 흔적이 있

습니다."

　제철소라고 해 봐야 지구와 달리 기초적인 수준이었지만, 오크도 그런 시설을 이용할 수 있다는 사실은 직접 확인한 가온에게도 놀라웠다.

　"이렇게 되면 제대로 계획을 시행해야겠네요."

　나레인이 눈을 빛내며 거메인을 향해 말했다.

　"네. 이곳에 광산도시를 건설하면 나중에는 랑트보다 더 커질 수도 있습니다."

　거메인의 눈 역시 무척 뜨거웠다.

　"광산도시는 무슨 얘기입니까?"

　가온의 말에 나레인은 현재 남작가의 사정과 함께 작위를 물려받지 못할 가능성이 높은 자신의 동생을 위해서 드인 상단과 손을 잡고 이곳에 광산도시를 건설하겠다는 자신의 꿈에 대해서 털어놓았다.

　"흠. 마수와 몬스터만 잘 막을 수 있다면 현실성이 없는 계획은 아니네요."

　"그래서 온 대장님에게 추가 의뢰를 하려고 해요."

　가온의 말이 끝나자마자 나레인이 기다렸다는 듯 말을 꺼냈다.

　"추가 의뢰요?"

　이미 정산까지 끝낸 상황이라 나레인과 함께 돌아갈 예정이었던 터라 좀 뜬금이 없었다.

"네. 저희가 광산도시 건설을 위해 필요한 사람들을 데리고 다시 돌아올 때까지 이곳을 지켜 주세요!"

"바로 광산도시를 건설할 생각입니까?"

"그랬으면 좋겠지만 당장은 그럴 수 없지요. 그래도 광맥이나 광산 상태도 제대로 파악해야 하고 건축과 관련된 기초 조사를 해야 할 것 같아요. 인력이나 자금도 더 구해야 하고요."

그렇다면 본격적인 채굴과 광산도시 건설을 위한 예비 조사를 할 모양이다.

"그런데 이곳을 지켜 달라고요?"

나레인 일행이 빠지면 가온 일행은 제대로 싸울 수 있는 사람들이 확 줄어 버린다.

이런 상황에서 가온 일행만으로 이곳을 지켜 달라니 좀 황당했다.

"말이 안 되는 건 알아요. 하지만 온 대장님의 능력이라면 가능할 것 같아요."

가온은 대답 대신 고개를 흔들었다.

폭우와 둥근 바위를 이용해서 오크 부락을 박살 낸 것과 그 사실을 알게 되면 이곳을 차지하려고 몰려들 것이 분명한 고블린이나 오크를 물리치는 건 전혀 다른 문제였다.

"최대한 빨리 돌아올게요. 한 달, 아니 보름만 이곳을 지켜 주세요!"

"보름이라……."

보름이라면 어떻게든 될 것 같긴 했다. 정찰이나 사냥을 위해 이곳 주위로 오는 놈들만 잘 처리하면 이곳이 무주공산이 된 사실이 그렇게 쉽게 알려지진 않을 테니 말이다.

'단순히 지키는 것이 아니라 위험 요소를 먼저 찾아서 처리를 하면 어떻게든 되지 않을까?'

그럴 경우 타람 남매를 빼고는 큰 도움이 되지 않을 테지만 가능성은 충분했다.

"보수는 어떻게 됩니까?"

"500골드면 될까요? 선금으로 200골드를 드리되, 어떤 상황에서든 이곳을 빼앗기게 되면 보상은 없고요."

단서는 달았지만 보수 수준은 크게 올라갔다. 하긴 이번에 정산받은 돈을 생각하면 그 정도는 되어야 가온이 수락할 것으로 판단한 것이다.

'이렇게 되면 오크 무리를 사냥해서 대략 4천 골드 이상의 돈을 버는 건가?'

생각보다 짭짤했다. 광산을 하루라도 빨리 개발하려는 드인 상단의 입장과 맞물려서 엄청난 수입을 올린 것이다.

'이렇게 되면 퍼슨이 얘기한 일을 본격적으로 진행해도 되겠구나.'

예지몽과 달리 출발 지점부터 엄청난 보상을 챙겨 빠르게 성장하면서 돈이 그냥 술술 들어와서 감흥이 별로 없을 정도였다.

이러니 부모가 자식들이 어릴 때부터 스펙 관리를 해 주는 것이리라. 이곳에서와 달리 지구는 돈과 학력 그리고 인맥이 바로 능력이니 말이다.

그나저나 드인 상단이 좀 걱정스러웠다. 무리를 하는 것 같았기 때문이다.

드인 상단이 랑트에서는 꽤 규모가 있다지만 이번에 정산을 받은 보수만 해도 부담스러울 것이다.

철광산을 5천 골드에 인수했다고 들었다. 그러니 주로 곡물을 취급하는 상단 입장에서는 배보다 배꼽이 훨씬 더 커진 셈인데, 감당이 될까 싶다.

'나레인이나 나르멜을 위해서 남작이 은밀히 투자하는 모양이다. 뭐 나야 보상을 제대로 받았으니 상관은 없지.'

가온은 의뢰를 수락하기로 했다.

"좋습니다. 일단 동료들과 의논을 해 보도록 하지요."

마을 청년들은 큰 도움이 되지 않겠지만 다섯 사냥꾼과 타람 남매 그리고 퍼슨 부자와 세 플레이어 전력이라면 정찰을 통해 위험 요소를 먼저 처리하는 건 가능할 것 같았다.

나레인과 거메인은 가온이 의뢰를 긍정적으로 받아들이자 크게 기뻐했다. 이번 보상만 해도 상단 규모로는 엄청난 자금인데 이렇게 좋아하는 것을 보면 그만큼 가온을 믿는 것 같았다.

두 사람이 물러난 후 가온은 사람들을 불러 모았다.

의뢰 내용을 설명한 후 자신의 생각을 밝히고 바로 가부를 물었는데, 예상한 대로 다들 찬성했다.

가온의 놀라운 전술로 생각보다 더 쉽게 오크를 사냥한 것도 그렇고, 왠지 그와 함께하면 뭐든 할 수 있을 것 같다는 생각이 일행의 머릿속에 공통적으로 자리를 잡은 것이 컸다.

그 결과를 들은 나레인과 거메인은 크게 기뻐했다.

그렇게 오크 부락 건이 정리되자 가온은 사람들을 끌고 미리 봐 둔 동굴로 향했다.

넓은 동굴을 본 사람들의 반응은 당연히 좋을 수밖에 없었다. 다들 빗물에 푹 젖은 방어구를 벗고 개울로 몸을 씻으러 갔는데 마치 천진무구한 아이들 같았다.

물론 여자들은 다른 장소를 이용했다. 그녀들 역시 땀을 씻어 내면서 처참한 오크 부락의 모습까지 지워 냈다.

얼마 후 상단 호위 무사 몇 명이 말들을 데려오는 것으로 모든 일이 마무리되었고, 마음 놓고 푸짐한 식사는 물론 술까지 즐길 수 있었다.

그 후에는 다들 푹 쉬었다. 더 이상 할 일도 없거니와 흥분 때문에 자각하지 못했던 심신의 피로가 꽤 쌓여 있었다.

다음 날 새벽, 비가 잠시 그치자 거메인과 나레인은 호위 무사들과 함께 랑트성으로 돌아갔다.

아침 일찍 광산을 돌아본 거메인과 나레인은 철광석이 전혀 보이지 않았음에도 전혀 이상하게 생각하지 않았다.

드인 상단 측이 떠나자 가온은 바로 돈을 풀었다.

사냥꾼들과 방패수들은 일당으로 보수를 지급하기로 했기 때문에 계약 내용 자체를 모른다. 약속한 일주일이 아니라 보름이 더 추가되었기에 넉넉하게 10골드와 5골드씩을 지급했다.

당연히 상상하지 못했던 규모의 보수를 선지급받은 사냥꾼들과 방패수들은 한쪽으로 물러났는데, 다들 올라간 입꼬리가 내려올 줄을 몰랐다.

다음은 일행의 차례였다. 총수익의 3%를 받기로 계약한 타람과 로에니 남매, 퍼슨과 패터 부자는 그야말로 대박을 쳤다.

대충 비용을 빼고 수익을 2천 골드로 잡았을 때 한 사람에게 돌아가는 보수는 60골드에 달했다. 마정석 등 부산물을 판매하지 않은 상태임을 고려하면 그야말로 초대박을 친 것이다.

"역시 온 대장님을 따르길 잘했어!"

"거봐, 오빠는 내 말만 들으면 된다고 했지! 오빠 말대로 상단 호위 의뢰를 받아들였다면 얼마나 고생을 해야 이 돈을 벌 수 있겠어?"

"하하하! 그래서 내가 동생인 네 말에 꼼짝을 못 하는 거 아니냐!"

타람과 로에니는 그동안 모았던 돈 전부를 털어서 새로운 마나 연공술을 익히는 바람에 빈털터리가 되었다가 단숨에 60골드씩을 정산받았으니 기쁠 수밖에 없었다.

퍼슨과 패터는 돈을 받고 한동안 눈을 떼지 못하고 있는 것으로 봐서 감회가 남다른 것 같았다.

"다음은 세 사람 차례입니다."

똑같이 지급하겠다고 말은 했지만 예상하지 않았다가 각자 60골드씩을 받은 세 사람은 펄쩍펄쩍 뛰며 기뻐했다.

60골드라는 돈은 탄 대륙 사람들에게도 그렇지만 지구의 플레이어들에게도 무척 큰돈이다. 아무리 금수저 출신이라고 해도 환율을 고려하면 대략 3천만 원이나 되는 돈을 한 방에 벌었으니 기쁠 수밖에 없었다.

남들이 금화를 받는 것을 보며 침만 꼴딱꼴딱 넘겨야 했던 세 사람은 당장 이 돈으로 어떤 아이템이나 매직북을 구입할지 생각하면서 행복해했다.

사람들의 흥분이 어느 정도 가라앉자 가온이 다시 사람들을 불러 모은 후 입을 열었다.

"자, 앞으로 보름 동안 우리는 광산을 지켜야 합니다. 그래서 말인데 혹시 방패술과 창술을 제대로 배우고 싶은 사람은 앞으로 나오십시오. 기본 수준이지만 익혀 두면 이번 의뢰는 물론 평생 살면서 도움이 될 겁니다."

가온의 말에 앞으로 나온 사람은 타람 남매와 세 이계인을 제외한 모두였다.

곧바로 광산 앞의 넓은 터로 사람들을 데리고 내려가서 지도를 시작했다.

퍼슨과 패터 그리고 다섯 사냥꾼들은 비교적 쉽게 기본자세에 익숙해졌지만, 청년들은 아니었다. 그래도 다들 자기 마을에서는 용력이 뛰어나다고 인정을 받는 이들이기에 힘은 충분해서 가온은 일일이 자세를 잡아 주는 데 주력했다.

그렇게 기본 동작을 기억하게 만드는 데는 반나절이 훌쩍 넘게 걸렸다. 이제부터는 교정을 받아 가면서 배운 것을 반복 훈련을 통해 자신의 것으로 만드는 과정만 남았다.

점심을 막 다 먹었을 때 다시 비가 쏟아지기 시작했다.

사람들은 가온의 지시로 말들을 광산의 갱구 안으로 집어 넣고 건초를 먹인 후 동굴로 돌아와서 낮잠을 청했다. 아침부터 빡센 훈련을 하느라 다들 지쳤다.

대비

"아무래도 먼저 산 위쪽으로 올라가서 아래쪽을 조망하면서 살펴보는 것이 좋을 것 같습니다."

정찰을 하자는 가온의 말에 퍼슨은 산으로 오르는 길로 광산이 있는 계곡을 선택했다. 계곡의 양쪽 산들이 경사가 그리 급하진 않지만 숲이 우거져 있어서 시야 확보가 곤란했다.

패터를 포함한 다른 이들은 어제 머물렀던 자리에서 주위 경계를 하면서 창술과 방패술 수련을 계속하기로 했다. 그곳에서는 진창에 폐허가 된 오크 부락터를 한눈에 지켜볼 수 있었다.

세 명의 플레이어와 퍼슨이 포함된 가온 일행은 계곡을 따라 빠르게 올라갔다.

폭이 5미터에서 11미터 사이인 계곡은 생각보다 수량이 많았고 산 위쪽은 암반이 많은지 물살에 밀려 내려온 바위들이 곳곳에 널려 있어서 이동속도를 높이기가 힘들었다.

수량이 많고 깊어서 그런지 계곡을 따라 흐르는 물속에는 송어와 비슷한 큰 물고기들부터 가재나 새우 종류까지 다양한 수생 생물들이 살고 있었는데, 해맑은 성격의 헤븐힐과 매디는 그것들이 보일 때마다 걸음을 멈추었다.

그런데 그것도 한두 번이지 계속해서 그러자 퍼슨의 얼굴이 좋지 않았다.

하지만 두 사람이 그러는 이유가 있었다. 사실 현실에서는 이런 깨끗하고 맑은 계곡수를 보기도 힘들었고, 다양한 민물고기를 보는 것도 어려웠다.

'아무래도 안 되겠네.'

정찰을 어떻게 하는지 좀 가르치려고 했는데 도무지 속도가 나질 않았다.

다행히 얼마 후에는 제법 큰 공터가 나타났다.

가온은 헤븐힐을 불렀다.

"퍼슨 씨와 함께 주위를 둘러보고 올 테니까 이곳에서 마법 수련을 하도록 해요. 인적이 없으니 공격 마법도 마음껏 수련할 수 있을 테니까."

"알겠어요."

"혹시 우리가 해가 넘어갈 때가 되어도 오지 않으면 먼저 내려가도록 해요. 해거름이 되면 마수나 몬스터는 물론이고 맹수도 물을 마시러 내려올 수 있으니."

"챙겨 주셔서 감사해요. 그럼 이따가 뵐게요. 조심하세요."

가온은 헤븐힐에게 실드 마법이 내장된 스크롤 두 장을 건네주었다. 만약의 경우 두 사람이 마법을 펼칠 시간을 벌어 줄 것이다.

세 사람이 떨어지자 퍼슨도 이제야 마음이 놓이는지 얼굴을 펴고 속도를 냈다.

20분 정도 더 올라가자 계곡의 폭이 급격하게 좁아지고 양쪽 산의 경사가 높아지기 시작했다.

아래쪽과 달리 모가 많이 난 거대한 바위들이 곳곳에 널려 있어 어지간한 사람은 올라가기 힘들 정도였지만, 퍼슨과 가온에게는 큰 장애는 아니었다.

얼마 후 양쪽 산에서 흘러내리는 물들이 합류하는 지점에 도착하자 두 사람은 방향을 오른쪽으로 틀었다. 그쪽 산이 왼쪽 산보다 더 높았다.

수량이 확 줄어든 계곡을 따라 경사지를 한참 오르자 어느 순간부터는 물이 바위 밑으로 흐르는지 거의 보이지 않았고 얼마 후에는 아예 물이 보이지 않았다.

"20분 정도만 더 올라가면 정상과 연결되는 산등성이가 나올 겁니다."

그 위쪽은 햇빛이 잘 들어오지 않을 정도로 우거진 나무로 인해서 정상이 보이지도 않았지만, 퍼슨은 오랜 경험으로 그 사실을 알고 있었다.

푸드득! 푸드득!

산새와 작은 설치류 그리고 몇 종류의 원숭이들이 인적에 놀랐는지 사방으로 달아났지만 위험한 존재는 보이지 않았다.

그렇게 숲을 오르자 마침내 시야가 열렸다. 퍼슨이 말한 산등성이에 올라온 것이다.

해발고도는 대충 600미터 정도로 광산은 물론이고 오크 부락터가 있는 분지가 한눈에 들어왔다.

"아래에서 볼 때는 꽤 높다고 생각했는데 막상 올라와 보니 해발고도가 그렇게 높지는 않군요."

"이곳은 스파인 산맥의 초입에 해당하니까요. 저쪽을 보십시오."

퍼슨이 가리키는 산 반대편은 그야말로 산해(山海)였다. 수 없이 많은 산들이 서로 연결되어 갈수록 더 높아지고 있었다.

산들이 얼마나 높은지 구름이 산허리에 걸려 있었다.

"엄청나군요!"

자신도 모르게 탄성이 터져 나왔다. 정말 장관이었다.

고등학교 때 지리산 정상에 오른 적이 있었는데, 그 정도가 아니었다. 눈이 미치는 아스라이 먼 곳까지 광대한 지역 모두가 산이었다.

"스파인 산맥이 얼마나 길고 넓은지 아무도 알지 못합니다. 대륙 북쪽에 길게 누워 있는 스카이 산맥까지 합하면 그 범위가 대륙의 3분의 1에 해당한다는 말이 있습니다."

설명을 들으니 더 대단한 것 같았다.

"저 산맥 안에는 수없이 많은 생물들이 살고 있지요. 최근 급증한 마수와 몬스터는 물론 오래전에는 인간과 대대적으로 교류했다는 엘프나 드워프와 같은 종족들도 저 안에 살고 있다고 합니다."

"고블린이나 오크도 저 스파인 산맥에서 나온 겁니까?"

가온이 생각하기로 무리를 이루지 않는 마수는 그리 위험하지 않았다. 도리어 가만히 두면 금세 번식해서 세를 이루는 고블린이나 오크가 인간들에게는 더 위험했다.

최근 몇 년 사이에 급증했다는 고블린들과 오크들은 대체 어디서 나타난 것일까?

그런 의미에서 한 질문이었다.

"던전에서 나온 녀석들도 있겠지만 상당수는 스파인 산맥과 스카이 산맥에서 나온 것으로 추정하고 있습니다. 창궐 초기에 스파인 산맥과 가까운 곳들이 많이 무너졌거든요. 아마도 저 안에서 살다가 밀린 녀석들일 것으로 추정하고 있습니다. 트롤이나 오우거와 같은 대형 몬스터들은 먹이를 찾아 쫓아 나온 것일 테고요."

"그럼 저 안에 무슨 일이라도 있는 겁니까?"

"그거야 알 수 없지만 모험가 길드에서도 산맥 밖으로 나온 고블린과 오크 등 마수와 몬스터의 숫자가 최근 몇 년 사이에 500배 이상 급증했다고 파악하고 있습니다."

500배라니!

이전에도 인간들이 건설한 나라들이 마수와 몬스터 때문에 어지간해서는 전쟁을 벌이지 못할 정도로 마수와 몬스터가 많았다는 점을 고려하면 실로 엄청난 위협이었을 것이다.

그런 상황에서 인간에게 가장 공격적이며 위험한 고블린과 오크의 숫자가 500배 이상 늘어났으니 성 단위의 도시 구역을 제외하고는 모두 마수와 몬스터의 영역으로 변한 것이다.

'이래서 루 여신이 지구인들을 끌어들였다는 설정이었지.'

어나더 문두스를 시작하기 전까지만 해도 게임의 설정 따위는 별 관심이 없었는데, 이번에는 달랐다.

"아무튼 두 산맥 안쪽에 자리를 잡은 개척 마을들은 물론이고 두 산맥 근처에 있는 영지들의 경우 마수와 몬스터의 공격에 마을 단위는 거의 사라진 상황입니다."

'결국 플레이어들은 시간이 지나면 저 스파인 산맥으로 들어가야겠구나.'

지금 이 시각에도 빠르게 늘어나고 있는 플레이어들이 내륙 쪽에 넓게 서식하는 마수와 몬스터를 어느 정도 사냥한 뒤에는 보다 등급이 높은 마수와 몬스터를 사냥하기 위해서 스파인 산맥을 찾을 수밖에 없었다.

예지몽의 끝부분에서 가온이 처음부터 끝까지 플레이를 한 발람 변경성에 플레이어들의 숫자가 빠르게 늘어난 것이 그 증거였다.

그런저런 얘기를 나누면서 땀을 식힌 세 사람은 육안으로 주위를 넓게 살펴보며 상세히 정찰을 했다.

경험이 많은 퍼슨은 금방 판단을 내렸다.

"이런! 생각보다 훨씬 위험합니다!"

정찰 결과에 놀란 퍼슨의 말에 가온도 동의했다.

우거진 나무들 너머에 자리를 잡은 놈들을 제외하더라도 눈에 들어온 몬스터 서식지는 반경 약 30킬로미터 안에 무려 50여 개나 되었다.

산 반대편 쪽은 그래도 괜찮은데 계곡 양편의 산과 이어진 산과 들에 자리를 잡은 몬스터들의 경우 앞으로 오크 부락터에 광산도시를 건설하는 계획에 큰 지장이 있을 것 같았다.

"고블린의 경우 그래도 덜 위험한데 오크들이 문제입니다."

그중에는 가온 일행이 오크 부락과 비슷하거나 더 큰 규모의 오크 부락들도 10여 개나 되었다.

특히 광산에서 동북쪽으로 낮은 산 하나를 넘어간 곳, 거리로 대략 10~12킬로미터 남짓 떨어진 곳에는, 높은 목책은 물론 망루까지 갖춘 제대로 된 오크 부락이 있었는데 움집의 숫자나 면적을 생각하면 개체수가 대략 3천 마리는 훨씬 넘을 것 같았다.

그런데 갑자기 퍼슨이 놀란 얼굴로 소리쳤다.

"헙! 대장님, 우리가 있는 방향에서 저곳으로 빠르게 달려가는 오크들 보이십니까?"

자세히 보니 그의 말대로 이십여 마리의 오크가 이쪽 방향으로 이어지는 숲에서 나와 그 거대 부락 쪽으로 달려가고 있었다.

"혹시 놈들이 이쪽을 정찰하고 간 걸까요?"

"그럴 가능성이 아주 농후합니다. 대형 무리에서 독립한 놈들은 주기적으로 모 부족에 식량이나 사냥한 전리품을 바치는 것으로 알고 있어 왕래가 꽤 잦다고 들었습니다."

이 정도 거리면 자신들이 폭우와 바위를 이용해서 초토화시킨 오크 부락도 그 큰 무리에서 독립한 오크들이 건설한 것이 거의 틀림없었다.

불현듯 이곳에 광산이 있기 때문에 저 대형 부락에서 관리를 하고 있었을지도 모른다는 생각이 들었다.

"만약 저들이 이쪽에 있는 오크 부락이 파괴되고 오크들이 전멸한 것을 확인했다면 틀림없이 새로운 무리를 보낼 겁니다. 조사대 성격을 띤 놈들이나 혹은 독립을 원하는 무리가 나올 수도 있습니다."

지금 막 오크 부락에 도착한 저 오크들이 이쪽을 돌아보고 간 것이 아니라면 좋겠지만, 퍼슨이나 가온은 아무래도 그런 것 같다는 예감을 하고 있었다.

너무 많은 개체 수 때문에 식량 문제를 해결하기 위해서라도 오크 무리는 끊임없이 분화해야만 한다.

문제는 그렇게 분화할 수 있는 장소가 그리 많지 않다는 것인데 가온 일행이 전멸시킨 부락만 해도 1천 마리 이상 거처하던 곳이니 새로 독립할 무리로서는 최적의 장소에 해당했다.

더욱이 이곳에 있던 오크 무리가 대형 오크 부락에서 독립한 놈들이고 철광산을 필요로 한다면 반드시 이쪽으로 조사대를 파견할 가능성이 높았다.

"설사 그렇다고 해도 그냥 적당한 길목에 자리를 잡고 저쪽에서 이쪽으로 오는 놈들만 족족 잡아 죽이면 되지 않을까요?"

"그렇게 되면 다른 무리의 움직임을 알 수가 없습니다."

퍼슨의 말이 맞다. 규모가 작기는 하지만 반경 30여 킬로미터 이내에만 무려 50여 개나 되는 몬스터 무리가 자리를 잡고 있다. 눈에 안 보이는 장소에 자리를 잡은 무리도 더 있을 것이다.

고블린과 오크가 순찰조를 그냥 운용하는 것이 아니다. 천적을 경계하려는 것도 있지만 사냥감이나 위협이 되는 경쟁자들의 동향을 살피기 위해서 운용하는 것이다.

시간이 지나면 당연히 이쪽의 변화를 눈치챌 수밖에 없었다.

"이렇게 되면 보름은 너무 긴데……."

"맞습니다. 비라도 계속 내리면 좋을 텐데, 며칠 폭우가 쏟아졌고 갈수록 빗줄기가 가늘어지고 있으니 비가 더 오더라도 사냥에는 지장이 없을 겁니다."

"아무튼 일단 정찰 결과를 공유하고 의논을 해 봅시다."

지금으로서는 어떤 결론도 내릴 수 없었다.

그래도 확실한 것은 3천 마리 규모의 오크 부락을 없애지 않으면 드인 상단이 절대로 광산도시를 건설할 수 없다는 사실이다.

'알려 줘야겠지?'

그래야 하는데 워낙 큰돈을 받았으니 참으로 곤란했다.

⁂

그날 저녁, 식사를 하기 전에 다섯 사냥꾼과 타람 남매 그리고 퍼슨과 플레이어 세 명이 모였다.

퍼슨이 정찰 결과를 상세하게 공개하자 당장 타람 남매부터 안색이 변했다.

"일단 우리 쪽 방향에서 말씀하신 부락 쪽으로 달려갔다면 이쪽 상황을 파악한 것은 틀림이 없을 것 같아요. 사냥을 나왔다가 돌아가는 거라면 퍼슨 씨가 한 말처럼 잡은 동물도 없이, 그것도 달려서 부락으로 돌아갈 리는 없어요."

"제 생각도 마찬가지입니다. 그리고 독립을 원하는 무리가 오기보다 일단 조사를 위해서 숫자는 적더라도 굉장히 높은 전력을 갖춘 무리가 올 가능성이 높습니다."

로에니와 타람의 의견을 들은 사냥꾼들의 얼굴은 창백해졌지만 따로 의견을 내지는 않았다. 가온이 결정하는 대로 따르겠다는 간접적인 표현이었다.

분위기는 바로 무거워졌지만 매디 남매는 흥미롭다는 얼굴이 되었다.

"일단 조사대라고 할지라도 이쪽 오크 부락이 철저하게 파괴되었기 때문에 대전사장 한두 마리는 반드시 포함될 겁니다. 숫자도 100마리 이상이 될 거고요. 하지만 유격전을 벌이고 함정까지 활용한다면 드인 상단 측이 도착할 때까지 버티는 건 어느 정도 가능하지 않을까 싶습니다."

"유격전도 좋지만 그게 가능한 전력은 대장님과 타람 그리고 로에니밖에 없으니 차라리 매복을 했다가 강력한 전력으로 기습을 하는 편이 나을 것 같아요. 물론 우리가 그런 전력은 아니니 강력한 무기가 있으면 기습의 효과는 클 것 같아요."

매디의 의견도 좋았지만 현재 일행에게는 그런 무기가 없었다.

"광범위 살상이 가능한 독이나 대형 원거리 투사무기가 있으면 좋겠네요."

마지막 헤븐힐의 말에 가온은 문득 생각나는 것이 있었다.

그가 팔찌의 아공간에서 상당히 큰 물체 2개를 꺼냈다.

"그건 발리스타?"

다들 몰라봤는데 역시 퍼슨이 알아봤다.

"정확하게는 캐터펄트라고 합니다. 공성용이 아니라 오우거와 같은 대형 몬스터를 사냥할 때 사용하는 소형 발리스타지요."

캐터펄트는 기계식 대형 석궁이라고 보면 된다. 오크나 오우거 힘줄로 만든 시위를 사용하기 때문에 강력한 장력으로 돌이나 대형 화살을 날릴 수 있었다.

두 명이 들고 다닐 수 있는 것을 캐터펄트, 그리고 거치해서 반고정식으로 사용하는 대형을 보통 발리스타라고 부른다.

이건 우연히 얻은 상인의 대용량 아공간 주머니 안에 들어 있었는데, 이것은 창에 가까운 대형 화살을 날리는 캐터펄트였다. 그리고 다른 하나는 성인 머리통 크기의 돌을 날리는 투석기였다.

잠시 고심한 가온이 입을 열었다.

"그래서 말인데 두 가지 작전을 병행했으면 합니다."

"어떤 작전이죠?"

당장 매디가 눈을 빛내며 물었다.

"나와 타람 그리고 로에니가 길목에 매복했다가 기습을 할 겁니다. 한 번에 모두 죽을 수 있다면 좋겠지만 그럴 리는 없겠지요. 그 후 오크들을 유인하겠습니다. 나머지 사람들은 좁은 공터에 잠복해 있다가 활이나 석궁 그리고 이 캐터펄트를 이용해서 놈들이 재차 공격하는 겁니다."

"좋은 생각이기는 한데 두 가지 문제가 있어요."

매디가 문제를 제기했다.

"두 가지나 됩니까?"

"네, 대장님. 하나는 두 번째 작전이 실패하거나 살아남은 놈들이 너무 많을 경우 캐터펄트를 맡은 사람들이 위험해요. 두 번째는 대전사장급 오크의 경우 캐터펄트로는 사냥하지 못할 가능성이 높다는 거예요."

타당한 문제 제기다. 특히 두 번째의 경우에는 뭔가 확실한 방안이 필요했다.

"미리 장소와 이동경로를 선정한 후 놈들이 모두 죽을 때까지 매복 기습과 유인 후 공격을 반복하는 건 어떨까요? 대전사장급 오크들만 움직이지 못하게 만들 수 있다면 가능할 것 같은데요."

매디는 자신이 제기한 문제에 대한 해결책을 내놓았다.

"대전사장들은 내가 움직이지 못하도록 잡아 두도록 하지요."

이번에 오크 족장을 상대해 본 경험을 통해 대전사장 두 놈을 동시에 상대해서 죽이는 건 무리지만 움직이지 못하도록 막다가 도망치는 건 가능할 것 같은 자신감이 생겼다.

'뭐 죽어도 바로 부활할 수 있는 데다 다른 사람들은 이미 도망치고 있어 시선을 걱정할 필요도 없으니까.'

일단 가온이 전제조건 하나를 충족시키겠다고 하자 회의 분위기가 달라졌다.

"그러려면 일단 캐터펄트의 유효사거리부터 알아야 합니다."

"그건 제가 압니다. 캐터펄트의 사거리는 200미터가 넘지만 유효사정거리는 150미터 정도입니다."

바로의 질문에 퍼슨이 바로 대답했다.

"혹시 방패수분들의 경우 오크와 비교하면 달리는 속도가 어때요?"

매디가 상대를 지정하지 않고 사냥꾼들 쪽을 보며 물었다.

"평탄지이고 단거리라면 당연히 오크들보다 빠릅니다. 다만 지구력은 상대가 안 됩니다."

스톤이 대답했다.

오크는 근육이 잘 발달했지만 단기 주력은 인간에 비해 뛰어나지 않다. 일단 보폭에서부터 차이가 났다.

"300미터에서 500미터 정도면 어떨까요?"

"그 정도면 어떤 지형이든지 우리 쪽이 확실히 더 빠릅니다. 다만 장애물이 없다는 전제조건이 필요합니다."

캐터펄트로 거대 화살을 발사한 직후 캐터펄트를 아공간 주머니에 챙긴 후 도망치면 적어도 전사급에게는 따라잡히지 않는다는 얘기다.

"그건 미리 이동경로를 확인해서 장애물을 치워 두면 됩니다."

"경로에 함정을 파고 미리 표시를 해 두면 어떨까요? 우리만 알아볼 수 있는."

그렇게 바로의 의견이 추가되었다.

"전사장급은 어떻게 하죠?"

"그건 우리에게 맡겨 주세요."

"전사장 정도는 우습지."

로에니와 타람이 자신만만한 얼굴로 말했다. 완숙한 검광 실력자들이라면 오크 전사장 정도는 충분히 감당할 수 있었다.

그렇게 작전이 착착 완성되어 갔다.

"그럼 캐터펄트의 작동법을 아시는 분이 계십니까?"

방패수들을 대표하는 패터가 물었다.

"예전에 아그레브 자작성의 병사로 근무할 때 사용해 본

적이 있습니다."

다행히 벡이 캐터펄트의 작동법을 알고 있었다.

"오크들이 언제 움직일지 알 수 없기에 당장 훈련부터 해야 합니다. 혹시 패터는 작동할 줄 모르나?"

"몇 년 전에 캐터펄트는 아니고 발리스타는 한번 써 본 적이 있습니다."

모험가인 아버지를 따라다니다 보니 쉽지 않은 경험을 해 본 모양이다.

"작동법은 발리스타와 비슷해. 목표에 정확하게 맞히는 것이 어려울 뿐이지. 그래도 훈련을 하다 보면 감이 올 거야."

"문제는 오크들이 따라잡을 시간이나 거리를 주지 않는 겁니다."

"그런 놈들은 우리가 독화살로 견제하겠습니다."

스톤이 바로의 말에 대답했다.

"실전이 벌어져도 걱정할 필요는 없을 겁니다. 다들 산에 익숙하기 때문에 오크들에게 따라잡힐 정도로 느리지 않으니 위험한 것도 아니고요. 다만 지구력은 달리기 때문에 포션이 많이 필요합니다."

"체력 포션이라면 최하급이지만 수량은 충분합니다."

스톤과 가온의 말을 들은 사람들의 얼굴이 한결 밝아졌다.

패터를 제외한 방패수들은 자신의 마을에서는 힘을 포함해서 육체적인 능력 면에서 가장 뛰어났고 자경단원으로 활

예지몽으로
히든랭커

동해 왔다.

오크는 강한 근력을 가지고 있어 일대일로 상대하면 인간이 약세지만 달리기는 좀 다르다. 달리기에 있어서의 지구력은 인간 쪽이 더 강하고 특히 다리가 짧은 편이라서 산과 같은 지형에서는 확연히 이동 속도가 떨어진다.

지구력과 체력에서 차이가 나는 것은 체력 포션으로 어찌어찌 해결할 수 있었다.

"캐터펄트의 화살은 내일 만들기로 하고 오늘은 일단 늦었으니 식사를 하고 쉬도록 하지요."

가온이 그렇게 회의를 끝냈지만 식사 후에도 사람들은 쉬지 않고 수련에 열중했다. 언제 오크 조사대가 나올지 알 수 없으니 불안했던 것이다.

다음 날 아침.

사람들은 날이 밝자마자 일단 캐터펄트로 투척할 적당한 창을 만들 재료부터 찾기 시작했다. 화살 대용으로 사용할 수 있는 철창이 있었지만 그것을 쓰기에는 너무 아까웠다.

사냥꾼 여섯 명이 각기 다른 방향으로 흩어진 지 1시간 정도 지났을 때 눈에 띄게 가늘어진 빗줄기를 뚫고 연기 신호가 올라왔다. 창으로 사용할 적당한 나무를 찾았다는 신호였다.

사람들은 모두 그곳으로 향했다.

높이가 40미터에 달하고 굵기가 한 아름은 되어 보이는 나무 아래에서 사람들을 기다리고 있는 사람은 로벤이었다.

"확실히 카야 나무라면 단단하고 무거워서 나무 화살의 재료로는 최상이지."

퍼슨이 그렇게 말할 정도라면 합격이다.

"문제는 나무가 워낙 단단해 화살로 만드는 것이 어렵다는 겁니다. 시간도 많이 걸리고요."

스톤의 말에 사냥꾼들이 일제히 고개를 끄덕였다.

"그렇게 나무가 단단한가요?"

"힘이 좋은 이가 종일 도끼질을 해야 한 그루 정도 자를 정도입니다."

헤븐힐의 호기심을 스톤이 채워 주었다.

"잠깐만 뒤로 물러나 주십시오. 한번 도끼질을 해 보도록 하지요."

가온이 일전에 앙헬이 거주했던 던전을 공략할 때 사용한 자루가 긴 도끼창을 꺼내 들었다.

통짜 강철로 만들어서 마나를 주입하기가 좋았기에 한번 시험해 보려는 것이다.

마나를 주입하자 도끼 전체가 푸르스름한 빛으로 뒤덮였다. 이른바 검광이 발현된 것이다.

퍽!

바닥에 단단히 뿌리를 내린 하체의 힘을 돌아가는 허릿심으로 이끌어 낸 후 원을 그리는 팔과 어깨로 전달하자 단숨에 4분의 1이 박혀 버렸다.

"헐! 저게 저런 나무가 아닌데……."

카야 나무가 얼마나 단단한지 잘 알고 있는 사람들은 기함을 했지만, 가온은 풀 스윙으로 다섯 번의 도끼질로 나무를 쓰러뜨릴 수 있었다.

사람들이 입을 떡 벌린 가운데 가온은 푸른빛이 일렁이는 도끼창을 다시 휘둘러 나무를 캐터펄트에 적당한 길이로 10등분했고 굵은 가지들 역시 쳐 냈다.

다음은 도끼가 아니라 흑검에 마나를 주입해서 화살로 만들기 적당한 굵기로 나무를 쪼갰다.

그 작업이 오래 걸렸다. 타람과 로에니가 합류했음에도 거의 30분을 꼬박 투자해야만 했던 것이다.

중간에 헤븐힐과 매디의 버프와 축복까지 계속 받았지만 결국 세 사람 모두 마나가 소진되었다. 그래도 포션까지 마셔 가면서 작업한 결과물로 약 250개의 굵은 봉을 얻을 수 있었다.

"이제 좀 쉬십시오. 나머지는 저희가 하겠습니다."

스톤을 비롯한 여섯 사냥꾼은 단검과 숫돌을 꺼낸 후 청년들과 함께 봉을 거대 화살로 가공하는 작업을 시작했다.

철은 값이 비싸서 사냥꾼들도 철 화살을 사용하긴 힘들었다. 그래서 그들은 주로 적당한 나무를 잘라서 화살로 만들었기 때문에 크기가 커도 능숙한 솜씨로 화살을 만들 수 있었다.

퍼슨 부자와 바로까지 합류해서 나무 화살을 만들기를 1시간여.

일단 연습용으로 사용할 예정이기 때문에 따로 촉을 다듬지 않았지만 거대한 화살들이 속속 만들어졌다.

나중에 촉을 다듬은 후에는 독액에 담가 독이 스며들도록 할 예정이었다.

그동안 작업을 하는 사람들에게 번갈아서 버프와 축복을 시전하던 헤븐힐과 매디는 가온과 함께 사람들의 점심 식사를 준비했다.

단단한 재질의 나무 막대를 화살로 가공하는 건 집중력이 크게 필요했기 때문에 일을 마친 사람들은 다른 때보다 훨씬 더 맛있게 식사를 했다.

식후에 1시간 정도 쉰 후 다시 작업이 시작되었고 거대 화살이 모두 합해서 500여 개가 되었을 때야 비로소 캐터펄트를 이용한 투사 훈련을 할 수 있었다.

영지병으로 근무한 이력이 있던 벡은 패터와 청년들에게 제일 먼저 캐터펄트의 구조와 각 부분의 이름을 설명하는 것부터 시작해서 어떤 원리로 발사되는지, 그리고 위력은 얼마나 강력한지 시범을 보이면서 설명을 했다.

다음으로 50미터 거리부터 시작해서 매 10미터마다 표식을 세워서 거리 감각을 익히도록 한 후 거리에 따라 캐터펄트의 발사 각도를 조종하는 것부터 본체에 달려 있는 손잡이를 이용해서 장전을 빨리할 수 있는 방법 등을 설명했다.

그리고 본격적인 투사 훈련이 시작되었다. 2인 1조로 진행되었는데, 500개의 화살을 무려 네 번이나 반복해서 투사하고 나서야 훈련이 끝이 났다.

투사 훈련의 성적은 나쁘지 않았다. 고도의 집중력과 경험을 통해 모든 정보를 실시간으로 받아들여야만 명궁이 될 수 있는 활과 달리, 캐터펄트는 석궁을 거대화시킨 것이라서 약간의 훈련만 받으면 어느 정도의 명중률이 보장되었다.

마지막 훈련에서는 50미터부터 세워진 표식들이 제 형상을 유지하지 못할 정도로 파괴력이 강력한 나무 화살들이 정확히 날아갔다.

그 결과에 패터와 청년들은 크게 고무되었다. 지금까지는 제대로 활약을 하지 못했고 오크 한 마리도 제대로 상대할수 없었지만, 캐터펄트라면 다를 거라는 사실을 자각한 것이다.

사람들은 그렇게 훈련이 끝난 뒤에도 푹 쉴 생각이 없었다. 실력이 부족함을 확실하게 알았으니 기본 방패술과 창술이라도 필사적으로 익히려 했다.

그래서 그날 저녁 텅 빈 광산 안에는 꽤 오랜 시간 동안 마정석 등이 켜져 있었다.

협곡의 습격

　오크의 동태는 퍼슨이 전담했는데 다행하게도 본격적인 움직임은 정찰을 시작한 지 일주일이 지나고서야 본격화되었다.

　그동안 패터와 마을 청년들은 기본 창술과 방패술에 익숙해졌고 수없이 많은 훈련의 결과 캐터펄트도 혼자서 다룰 정도로 꽤 능숙해졌다.

　목숨이 걸렸기에 그만큼 집중할 수밖에 없었고 성과도 그만큼 컸다.

　이제 캐퍼펄트의 명중률도 꽤 높아져서 열한 명 모두 120미터 거리에서는 거대 화살을 표적인 나무 판에 맞힐 수 있을 정도였다.

교관과 조교 역할을 하면서도 창술과 방패술 훈련은 물론 궁술 훈련까지 해 온 사냥꾼들도 목표가 있어서 그런지 전과는 사뭇 다른 분위기가 흘렀다.

긍정적인 변화가 일어난 건 그들만이 아니었다. 세 플레이어 역시 자신의 공격 마법을 수없이 연습했고 그 결과 주문의 영창 속도는 물론 위력까지 상당 폭 증가했다.

모두들 짧은 기간을 생각하면 믿을 수 없을 정도로 놀라운 성과를 거둔 것이다.

오크 부락 근처에 비트를 파고 잠복하면서 놈들의 동태를 정찰했던 퍼슨이 돌아온 시간은 오후 3시가 넘은 시간이었다.

"드디어 오크들이 나왔습니다!"

"조사대입니까? 아니면 독립하는 놈들입니까?"

조사대라면 그나마 괜찮지만 독립을 하는 경우라면 숫자가 많아서 상대하기가 쉽지 않았다.

"수가 200마리 정도입니다. 조사대로 보기엔 숫자가 많고 암컷과 새끼가 안 보이는 것으로 봐서는 독립을 하는 무리가 선발대로 나온 것 같습니다."

사람들의 표정이 안 좋아졌다.

"우리는 굳이 놈들을 모두 사냥하지 않아도 됩니다. 최대한 타격을 주어 다시 돌아가게만 해도 의뢰는 완수하는 거니까요."

"무리할 필요는 없어요. 안전이 우선입니다. 만약 우리가 감당하지 못할 것 같으면 후퇴하면 돼요. 상황을 알면 드인 상단에서도 우리를 탓하지는 못할 거예요."

바로와 매디의 이어지는 말에 사람들의 사기가 다시 올라갔다. 그의 말대로 나중에 더 많은 오크들이 이곳으로 오는 건 자신들이 생각할 필요가 없었다.

가온은 사실 의뢰 성공을 포기하고 있었다. 어차피 선금은 받았고 돈은 그간의 사냥으로 차고 넘칠 정도로 벌었으니 굳이 위험을 감수할 필요가 없었다.

그래도 자신에게 막대한 보상을 해 준 드인 상단과의 의리를 지키기 위해 마지막으로 최선을 다하려는 것이다.

"자, 마지막 사냥을 해 봅시다!"

길도 이미 나 있었고 오크의 걸음이라면 늦어도 해가 질 무렵에는 광산 근처에 도착할 것이다. 그러니 이쪽도 바로 출발해야만 했다.

조사대 정도가 아니라 아예 독립하는 오크들이 선발대를 보낸다는 소식을 접하고도 분위기는 나쁘지 않았다. 몇 차례에 걸쳐서 전술을 다듬었기 때문에 변수가 생겨도 어느 정도 대처할 수 있었다.

가온은 동굴을 떠나기에 앞서 각자가 쓸 체력 포션을 나누어 준 후 사람들의 노고를 치하했다.

"그동안 모두 고생이 많았습니다. 우리가 쓸 작전은 단순

합니다. 정확하게 화살을 날리고 빠르게 이동하는 것이 전부입니다. 앞으로 며칠만 더 고생합시다!"

드인 상단에서도 오크 부락터를 그냥 놔두면 다른 오크 무리가 자리를 잡으려고 할 거라는 사실 정도는 알고 있을 것이다. 그러니 서둘러 사람을 보내올 것이다.

광산을 떠난 가온 일행은 퍼슨과 사냥꾼들이 정찰을 맡아서 먼저 이동하고 그 뒤를 따라 이동했다.

퍼슨이 말하길 오크들이 부락을 나오는 것을 확인하고 거의 1시간 만에 돌아왔다고 하니, 최소한 3시간 정도 후면 조우하게 될 것이다.

사람들은 왜 이렇게 늦은 시간에 오크들이 부락을 빠져나왔는지 모르겠다며 투덜거렸지만, 선두의 속도에 맞추어 걸음을 재게 놀렸다.

그렇게 2시간 정도를 빠르게 이동한 끝에 매복하기로 한 첫 번째 스팟에 도착했다. 대형 오크 부락으로부터 약 3시간 정도 떨어진 작은 공터였다.

숲 한가운데 있는 공터는 직경이 100여 미터 정도로 중앙에는 맑은 물이 솟아나는 큰 샘이 있었고, 주위에는 강렬한 햇볕을 피할 수 있는 그늘을 가진 키 작은 나무들이 모여 있어 오크들은 물론 많은 동물들이 찾는 곳이다.

사람들은 퍼슨의 지시에 따라 공터 쪽에서 잘 보이지 않는 나무 사이에 캐터펄트를 단단히 거치하고 생나무를 꺾어다가 위장을 했다.

매복 준비를 마쳤을 때는 이미 숲은 어둠이 내리기 시작했다.

'아무래도 오늘은 이곳까지는 안 오겠네.'

야행성 오크도 있지만 오크는 대부분 주행성이라서 밤에는 잘 움직이지 않는다.

사람들이 그런 생각을 하고 있을 때 오크 쪽의 동태를 살피기 위해서 정찰을 하러 나갔던 퍼슨과 스톤이 돌아왔다.

"생각보다 아주 느리게 이동하고 있습니다. 이동속도를 고려하면 현재 위치에서 이곳까지 오는 데 앞으로 2~3시간 정도는 더 걸릴 것 같습니다."

정상적이라면 1시간 후에는 오크들이 이 공터로 진입해야만 했는데, 다른 꿍꿍이가 있는 것 같다.

"아무래도 오크들은 오래전에 버려진 부락 터에서 오늘 밤을 보낼 것 같습니다."

두 사람의 보고를 들은 순간 가온은 오크 선발대가 광산마을터에 혹시나 숨어 있을지 모르는 누군가를 습격하기 위해서 새벽에 움직일 생각으로 늦게야 나온 것 같다는 생각이 들었다.

"수고하셨습니다. 로벤, 혹시 모르니 수고스럽지만 이번에는 로벤이 놈들의 동태를 계속 살펴 주십시오."

가온이 퍼슨과 스톤에게 체력 포션을 주고 쉬도록 조치하는 순간 로벤이 가벼운 몸으로 오크들이 오는 방향으로 달려갔다.

가온은 헤븐힐과 매디 남매에게 자신의 추측을 알려 주고 바로 로그아웃을 한 후 내일은 아주 일찍 접속하라고 당부해 두었다.

매복지에서 사람들이 쉬는 동안 가온은 오크들이 나온 시간 자체가 늦었기에 혹시 놈들이 숲에서 밤을 보낼 경우를 대비해서 이쪽 역시 밤을 안전하게 보낼 수 있는 장소를 찾아다녔다.

그 결과 분지에서 북쪽으로 약 500여 미터 떨어진 곳에 있는 경사지에서 아울베어의 흔적이 남아 있는 동굴 하나를 찾을 수 있었다.

동굴 안쪽은 거대한 바위로 막혀 있었지만 옆쪽은 그나마 무른 흙이었다.

강철 삽에 마나를 주입해서 파 보니 쑥쑥 들어갔다.

'며칠 동안 계속 노가다네.'

그래도 사람들이 밤에 제대로 쉴 수 있었으면 좋겠다는 생각에 삽질을 빨리했다.

탄 대륙 사람들은 귀족이 아니면 야외에서 잘 때 보통 모닥불을 피워 놓고 그 주위에서 로브나 가죽을 덮고 그냥 자는 것이 보통이다.

당연히 땅으로부터 올라온 한기로 인해서 푹 잘 수가 없다. 새벽에는 이슬까지 내리기 때문에 덮은 로브나 가죽도 젖어서 추울 수밖에 없었다.

더구나 불침번을 세웠다고 해도 종일 강행군을 하기 때문에 졸거나 모닥불을 꺼뜨리는 경우가 왕왕 있기 때문에 긴장을 풀 수가 없어서 선잠을 자야만 한다.

그런 상태에서 습격을 받기라도 하면 몸이 굳은 상태라서 제대로 대응하기가 힘들다.

인간을 습격하는 존재는 오크와 같은 몬스터들만이 아니다. 밤에는 마수화된 맹수들이 은밀하게 접근해서 습격하는 일이 다반사이고 최근 몇 년 사이에는 그런 일이 현격하게 늘어났다.

그래서 가까운 곳에서 구할 수 있는 식료품에 비해서 원거리 상행을 하는 상단이 유통하는 물품들의 가격이 엄청나게 비싼 것이다.

아무튼 가온은 자신이 편하게 자는 동안 탄 대륙 사람들은 달랑 로브나 가죽 한 장 덮고 자는 꼴은 볼 수 없었다.

중간에 마나 포션까지 마셔 가면서 30분 정도 작업을 한 결과 동굴 안은 처음의 세 배 정도로 넓어졌다.

"이크!"

너무 오래 시간을 끌었다. 일행이 걱정할 수도 있다는 생각이 들었다.

서둘러 일행이 있는 곳으로 돌아온 가온은 안 그래도 걱정이 되어 자신을 찾아 나서려던 사냥꾼들을 보고 안도했다.

그사이에 로벤이 돌아와 있었는데 퍼슨이 예상한 대로 놈들은 버려진 부락 안으로 들어갔다고 했다.

동굴 확장 작업을 할 때부터 빗줄기가 굵어지기 시작했고 어느새 바람도 불기 시작했다.

"여기서 10분 거리에 밤을 보낼 수 있는 커다란 굴을 찾아 두었습니다. 어차피 오크 쪽은 교대로 감시하면 되니 일단 그쪽으로 이동하도록 하지요."

다들 여기에서 힘들게 밤을 보낼 생각을 했는데 따뜻하게 지낼 수 있는 동굴을 찾아 두었다고 하니 사람들은 크게 기뻐했다. 그들 역시 비바람을 맞으며 야숙을 하는 것이 얼마나 힘든지 잘 알고 있었다.

새벽 3시 정도가 되었을 때 오크의 감시를 맡았던 벡이 달려와서 일행을 깨웠다.

안 그래도 긴장 때문에 잠을 설쳤던 사람들이 바로 일어나서 모였다.

"오크들이 움직였습니까?"

"네. 한밤중에 일어나서 부산스럽게 움직이고 있습니다. 비가 그쳤고 트윈 문이 멀지 않아서 이동하는 데 무리가 없다고 판단한 것 같습니다."

오크들이 머문 곳과는 약 2시간 정도 떨어져 있으니 당장 일어나서 맞이할 준비를 해야 했다.

"그런데 숫자에 변동이 있습니다."

원래 퍼슨이 파악한 숫자는 200마리 정도였다. 그래서 선발대 혹은 조사대라고 판단한 것이다.

"얼마나 됩니까?"

"중간에 합류한 놈들까지 합하면 대략 300마리나 됩니다."

사람들의 얼굴이 굳어졌다.

아무래도 놈들이 굉장히 느리게 이동한 것은 추가로 합류할 놈들 때문인 것 같았다.

가온의 이마에 주름이 졌다.

'골치 아프게 됐군.'

아무리 캐터펄트를 사용해서 유격전을 펼친다고 해도 300마리면 너무 많다. 무엇보다 그 정도 규모라면 검기를 능숙하게 사용하는 대전사장급이 한두 마리 더 포함되었을 것이다.

"추가로 합류한 것으로 보이는 놈들 모두 전사들입니다."

총 300마리라고 해도 부담스러운데 전부 전사들이라면 더욱 어려워진다.

"아무래도 숫자를 좀 줄여야겠습니다."

"어, 어떻게 말입니까?"

벡이 이해가 안 간다는 얼굴로 물었다.

"이곳에서 멀지 않은 곳에 있는 좁은 협곡을 기억하십니까?"

말은 협곡이라고 했지만 사실은 깊이가 약 5미터에 사람 세 명이 어깨를 나란히 하고 지나갈 수 있을 정도의 폭을 가진 300여 미터 길이의 마른 물길이었다.

평소에는 마른 물길이지만 어제 오후부터 자정까지 폭우가 쏟아진 탓에 협곡의 일부 구간은 무릎 높이까지 물이 차 있어서 진창으로 변해 있었다. 육중한 몸무게를 가진 오크들이 그 안으로 들어가면 당연히 몸놀림이 많이 둔화될 것이다.

"물이 차 있는 구간들이 있긴 하지만 물을 싫어하는 오크들이 그곳으로 들어가려고 할까요? 아니, 그것보다 어떻게 하시려고요?"

지난번에 정찰을 할 때 가온과 퍼슨은 나무나 바위와 같은 장애물에도 불구하고 진창에 다리가 빠지는 것이 싫어서 그 물길의 위쪽으로 통해서 이동했다.

"만약에 놈들이 협곡 양쪽의 위로 올라가서 이동한다면 포기하고 물러서야지요. 하지만 그 안으로 들어가기만 하면 방법은 있습니다."

가온은 마음이 급한 오크들이 바위며 깊은 웅덩이 그리고 한 사람 지나치기에도 좁을 정도로 나무들이 빽빽하게 들어선 협곡의 양쪽 위로 올라가서 이동하지 않을 거라고 생각했다.

"어떤 방법입니까? 오크들이 협곡에 도착하려면 1시간 정도는 걸릴 것 같습니다."

역시 협곡의 존재를 아는 스톤이 물었다.

"독을 사용할 생각이니 굳이 그럴 필요는 없을 것 같습니다."

"독을 말입니까?"

"정확하게는 독 볼트를 사용할 겁니다. 달리는 것은 자신이 있으니 언제든 몸은 뺄 수 있습니다. 여러분은 헤븐힐 일행을 기다릴 한 명만 남겨 두고 당장 공터로 내려가서 놈들을 맞을 준비를 하십시오. 공터로 들어가는 입구로 화망을 좁히면 많은 피해를 입힐 수 있을 겁니다."

자신이 아무리 크게 활약을 하더라도 오크들을 진창이 된 협곡에서 모두 죽일 수는 없었다. 어쨌거나 최대한 많은 숫자를 줄이는 것이 목표다.

"알겠습니다. 부디 몸조심하십시오."

퍼슨은 두말하지 않고 가온의 명령에 따랐다. 지금은 시간을 다투는 중요한 순간이라는 점을 그는 잘 알고 있었다.

퍼슨이 빠르게 분지 쪽으로 달려가자 가온은 아공간 팔찌에서 연발 석궁과 볼트 통을 꺼냈다.

'볼트는 이미 독에 담가 두어서 다행이네.'

이럴 줄 알았던 건 아니고 어젯밤에 시간이 좀 있을 때 볼트 100발의 촉을 독액에 담가 두었다. 특수 주문한 것이라서 촉 안에 미세한 공극이 있었고 독액에 담가 두면 삼투압의 원리로 안으로 스며들었다.

이 독 볼트라면 오크들이 협곡 안으로 들어가건 그 위쪽을 선택하건 최대한 많은 피해를 입힐 수 있었다.

◦◦◦

어느 쪽이 다행인지는 모르겠지만 어느새 비는 그쳐 있었다. 날듯이 달려서 먼저 협곡에 도착한 가온은 무음보를 펼쳐서 가장자리를 따라 아래로 내려갔다.

협곡의 가장자리는 요철도 심하고 굵은 나무뿌리들이 튀어나온 곳이 많아서 이동하는 데 꽤 시간이 걸렸다.

대략 200여 미터를 내려가자 드디어 오크들이 눈에 들어왔다. 놈들은 세 마리씩 어깨를 나란히 하고 협곡을 걸어 올라오고 있었다.

그런데 진창이 되어 버린 구간 앞에 도착한 오크들은 의외의 선택을 했다.

'진창으로 들어간다고?'

길고 밀생한 털을 가진 오크들은 물을 싫어하는 편이다. 수건과 같은 물건을 사용할 정도로 지능이 높지 않기 때문에 쉽게 마르지 않아서 체온을 뺏길 수 있었다.

역시 오크들은 가온 일행이 광산 주위에 머물고 있다는 사실을 알고 있었다.

'해가 뜰 무렵에 광산에 도착해서 습격할 의도였겠지.'

협곡을 질러가면 불과 300여 미터에 불과하지만 가장자리 위쪽을 선택할 경우 적어도 1시간은 더 걸릴 테니 말이다.

가온은 좀 더 아래쪽으로 내려가면서 오크 무리를 자세히 관찰했다.

'세 무리로 이루어져 있군.'

80여 마리로 선두를 이룬 오크 전사장들 중간에는 장대한 체구와 흉흉한 기세를 뿜어내는 개체가 있어서 한눈에도 대전사장급이라는 사실을 알 수 있었다.

150여 마리로 이루어진 중간에도 그런 놈이 있었는데 위엄이 남다른 것이 독립하는 무리의 족장이 아닌가 싶었다. 그리고 놈의 바로 뒤에는 주술사로 보이는 늙고 어린 오크 넷이 따르고 있었다.

선두와 마찬가지로 80여 마리로 이루어진 후미 쪽에도 대전사장으로 짐작되는 놈이 있었다.

'생각보다 전력이 높네.'

전사장이 삼십여 마리인 것이야 당연한 거지만 족장을 포함해서 대전사장이 셋이나 되고 주술사들까지 포함되어 있는 건 예상을 벗어난 일이지만 이젠 어쩔 수 없었다.

'일단 주술사들부터 처리하자.'

마법을 익혔기에 주술에 대해서는 자세히 모르지만 변수가 될 수 있는 부분부터 처리하기로 작정했다.

마침 극독을 바른 볼트도 있었고 연발 석궁이라는 투사 무기도 있으니, 거리에 크게 제한받지 않고 생각한 대로 작전을 시행할 수 있었다.

협곡 가장자리를 따라 움직이며 저격하기 좋은 장소를 찾던 가온은 문득 자신이 놓친 것이 있다는 사실을 깨달았다.

대전사장급이라면 근거리에 은신 상태로 그가 쏜 볼트 공격에도 충분히 급소를 피할 수 있는 능력이 있을 것이다.

'한 방에 즉사시키지 못하면 안 돼! 그렇다면 혼란 상황을 유도해야겠어.'

짧은 시간 동안 여러 가지 방법을 생각해 봤는데 역시 독만 한 것이 없었다. 누구는 비겁하다고 할 수 있지만 마수와 몬스터를 상대로 비겁 운운하는 것 자체가 의미 없었다.

쓸 독은 기화된 상태로 바람을 타고 영향을 줄 수 있는 신경독이 좋았다.

'될지 모르겠네.'

가온은 일단 협곡 안의 바람 흐름을 확인했다.

협곡은 비스듬하게 아래쪽으로 내려가는 경사를 가지고 있었고 오크들은 거꾸로 올라오고 있는 중이었다.

'바람의 세기는 강하지 않지만 밤이라서 그런지 위쪽에서

아래쪽으로 부는구나.'

바람이 낮에는 산 아래에서 산 위로, 밤에는 산 위에서 산 아래로 분다는 것은 상식이다.

가온은 아예 나무 위로 올라가서 나무 사이로 이동해서 다시 협곡이 시작되는 지점으로 달려갔다.

협곡이 시작되는 지점에 도착한 가온은 먼저 가지고 있던 독액 병들을 모두 꺼냈다.

볼트의 촉을 담가 뒀기 때문에 병마다 양이 달랐지만 독액들을 안쪽이 오목한 바위 위에 모두 부은 후 바위 전체에 파이어 마법을 펼쳤다.

부글부글.

바위가 빠르게 뜨거워지자 독액들이 서서히 끓으면서 기화(氣化)되었다.

일부는 공기보다 가벼운지 위쪽으로 날아갔지만 대부분은 공기보다 무거운지 허리나 머리 높이 위로는 올라가지 않았다.

"됐다!"

이제 독무를 이동시켜야만 했다.

"이크! 윈드!"

바람을 일으키자 독무는 자연스럽게 공기의 흐름을 타고 협곡의 반대편 쪽으로 내려가기 시작했다.

가온은 이후에도 계속 윈드 마법을 펼쳐서 협곡 내의 공기

흐름을 어느 정도 안정화시켰다.

이제 남은 것은 암습이다.

다시 협곡 가장자리에 있는 나무 위로 올라가서 마치 새처럼 가볍게 나무 꼭대기들을 차는 방식으로 이동한 가온은 적당한 곳에서 다시 내려왔다.

은신 스킬을 펼치고 있는 가온은 이제 막 오크 무리의 선두가 가까워지는 협곡 가장자리의 한 바위 뒤에 있었다.

오크들의 이동속도는 그리 빠르지 않았다. 곳곳에 놈들의 발길을 붙잡는 물웅덩이가 있었기 때문이다.

어제 온 빗물이 다 빠지지 않아서 몇 군데가 진창으로 변한 협곡을 걷는 오크들은 불만을 표시하듯 일부러 물을 차거나 첨벙거렸다.

가온은 선두가 자신이 숨은 곳을 지났지만 아직 행동에 나서지는 않았다. 독이 퍼지기를 기다리는 것이다.

'온다!'

오크들은 볼 수 없지만 매의 눈은 협곡 위쪽에서 아래로 내려오는 엷은 독무의 흐름을 볼 수 있게 해 주었다.

얼마 후 가온이 숨어 있는 곳에서 약 20미터 지점을 막 통과하던 오크 선두가 갑자기 비틀거리더니 일부는 비명과 함께 쓰러지는 등 난리가 났다.

췌액?

췌! 체에엑! 체르릇!

콧구멍이 위로 들린 들창코와 밖으로 삐져나온 송곳니 때문에 거센 비음이 섞인 경호성에 이어서 혼란스러운 듯 오크들이 멈춘 상태로 시끄럽게 떠들기 시작했다.

그때 비틀거리며 협곡의 양쪽 벽을 잡고 간신히 서 있던 오크들이 눈을 까뒤집으며 쓰러지기 시작하자 혼란은 더욱 커졌다.

가온은 은신 스킬을 유지한 상태로 무음보를 펼쳐 뭐라고 소리를 지르는 대전사장과 불과 5미터 정도 떨어진 자리로 이동했다.

마침 앞쪽에 몸을 가릴 정도로 굵은 나무가 있어서 은신 스킬이 아니더라도 이런 혼란한 상황이라면 쉽게 알아차리지 못했을 것이다.

대전사장은 희석된 독무를 흡입하고도 별 영향이 없어 보였지만 갑자기 발생한 소란에 화가 났는지 연신 고함을 지르고 있었는데, 엷은 독무가 더 아래쪽으로 내려가고 있어서 사태는 수습되기는커녕 더 커지고 있었다.

안정된 자세를 취한 가온이 천천히 연발 석궁을 들었다.

이미 볼트는 장전된 상태였다.

고함을 지르며 소란을 수습하려고 하던 오크 대전사장이 갑자기 코를 벌름거렸다. 독무의 존재를 알아차린 것 같았다.

놈이 글레이브를 들지 않은 손으로 자신의 코와 입을 가리고 뭐라고 소리를 지르려는 순간 숨을 멈추고 있던 가온이 퍼슨에게 빌려 온 연발 석궁의 손잡이를 당겼다.

파앗!

푹!

촉에 독을 함유하고 있는 볼트는 오크 대전사장의 관자놀이를 정확하게 파고들었다.

놈은 볼트가 날아온 방향으로 고개를 돌렸지만 그때는 이미 늦었다. 더 이상 뇌가 기능하지 않은 것이다.

쿠웩!

췌엣?

쓰러지는 대전사장의 바로 옆에 있던 오크들이 놀라 흔들리는 동공으로 주위를 돌아보고 있을 때 가온은 다시 손잡이를 당기기 있었다.

목표는 전사장들이다.

팟! 팟! 팟!

퍽! 푹! 뻑!

전사들을 지휘하던 전사장들이 연신 머리통에 볼트를 박아 넣은 채 쓰러지고 있었다.

마법을 사용하는 것이 아니라 은신은 해제되지 않았고 무음보로 소리를 내지 않고 이동한 것과 독무로 인한 소란이 커진 것 때문에 그의 존재가 노출되지 않았다.

예지몽으로
히든랭커

거리가 가까워서인지 볼트가 목표에 꽂히는 순간에야 겨우 희미한 파공성이 뒤따랐지만, 이동을 멈춘 앞쪽 상황에 놀라 떠들던 오크들은 제대로 듣지 못했다.

결국 가온의 저격은 총 아홉 번에 걸쳐서 시도되었고 한 번을 제외하고는 모두 목표의 급소에 볼트를 깊이 박아 넣을 수 있었다.

한 번은 동선에 예기치 않은 다른 오크가 침범한 경우로 목표가 상황을 알아차리기 전에 이동했다.

'그래도 다행히 선두 무리의 대전사장은 해치울 수 있었어!'

애초 목표했던 주술사는 중간에 있어서 독을 흡입할 때까지 기다려야 했고, 그사이에 상황이 어떻게 될지 몰라서 일단 선두의 대전사장부터 처리한 것이다.

아마 놈이 독을 흡입한 상태가 아니었다면 날아오는 볼트를 충분히 인지했을 테니 운이 좋았다.

가온은 더 이상 볼트로 놈들을 더 저격할 수 없을 거라고 생각했다. 자신의 존재를 알아차렸으면 그에 맞게 대응할 테니 말이다.

그런데 가온에게 유리하게 변했다.

아래쪽으로 내려가는 독무의 존재를 뒤쪽에서는 아직도 인지하지 못했다. 비틀거리거나 쓰러지는 놈들이 속출하고 있음에도 오크들은 독무를 눈이나 코로 인지하지 못해서 소란만 가중된 것이다.

마비독과 신경독이 섞여 있었기 때문에 오크들은 힘이 빠져 몸을 제대로 가누지 못하거나 쓰러지고 있었지만, 뒤쪽에 있던 오크들에게 제대로 소식을 전할 수 없었다.

선두에 있던 오크 무리를 대상으로 기대 이상의 목표 달성을 한 가온은 여전히 은신 상태에서 가볍게 바닥을 박차고 협곡 가장자리로 뛰어올랐다.

'독무보다 빨라야 해!'

이런 기회를 놓칠 수는 없었다.

가온은 여전히 협곡 가장자리를 따라 이동하면서 독무를 흡입하고 비틀거리는 전사장들을 향해 볼트를 날리기 시작했다.

비록 독무의 존재는 몰랐지만 이동이 멈추었기에 뒤쪽에서 따라오던 오크들은 영문을 알지 못한 상태로 멈춰 서 있었다.

그때 가온이 중간 무리의 주술사들이 모여 있는 곳에 도착했다.

하지만 바로 공격을 할 수는 없었다. 상황이 이상하다고 여겼는지 족장으로 짐작되는 놈이 전사장들로 하여금 주술사들을 에워싸게 한 것이다.

주술사들은 하나같이 왜소한 몸집을 가지고 있었고 전사들은 워낙 건장한 체격을 가지고 있어서 가온이 비록 협곡 가장자리에 서 있다고 해도 잘 보이지가 않았다.

'최소한 저 늙은 놈만은 죽여야 하는데.'

경지는 알 수 없지만 늙은 주술사가 나이가 어린 개체들보다 주술 실력이 뛰어날 것은 당연했다.

가온은 마음이 급했지만 독무가 이곳까지 도착하기를 기다리기로 했다.

얼마 후 기다리던 상황이 도래했다.

중간 무리 중에서도 비틀거리거나 쓰러지는 놈들이 나오기 시작했고 당황한 오크들은 어찌할 바를 모르고 소리를 지르는 등 소란이 발생했다.

족장으로 짐작되는 대전사장의 대처는 빨랐다. 놈이 마나를 이용해서 고함을 지르자 소음이 뚝 그친 것이다.

하지만 그렇다고 족장이 독무를 인식한 것이 아니었고 독무가 뒤쪽으로 이동하면서 같은 결과를 발생시켰기 때문에 곧 다시 분위기가 혼란스러워졌다.

그때 늙은 주술사의 모습이 가온의 눈에 다시 들어왔다. 호위를 위해 놈을 둘러쌌던 전사들 중에서도 비틀거리거나 쓰러지는 놈들이 나온 것이다.

'이런!'

가온은 늙은 주술사가 뭔가에 놀란 얼굴로 소리를 지르려는 순간 바로 연발 석궁의 손잡이를 잡아당겼다.

독을 감지한 것이 틀림없는 늙은 주술사부터 시작해서 세 주술사들이 순식간에 쓰러졌다. 당연히 가온의 볼트에 당한 것이다.

하지만 아직 족장은 그 사실을 알지 못했다. 그만큼 사방에서 쓰러지는 전사들이 속출하는 바람에 혼란스러운 것이다.

가온은 재빨리 아래쪽으로 이동하면서 전사장으로 보이는 놈들만 골라서 볼트를 발사했다.

그 숫자가 꽤 많았기에 누군가 기습을 한다는 사실이 알려졌지만, 이런 상황에서 은신한 상태로 소리를 내지 않고 움직이는 가온의 존재를 알아차리는 놈들은 없었다.

그렇게 독무의 흐름을 따라서 오크 전사장들의 머리통에 볼트를 박아 주며 이동하던 가온은 족장의 것으로 짐작되는 고함에 발을 멈추었다.

'이크!'

족장이 명령했는지 오크들이 일제히 협곡 가장자리를 향해 뛰어오르기 시작한 것이다. 비틀거리는 놈들은 동료들이 부축하거나 도와서 위로 올라갔다.

이제 더 이상 암습은 할 수 없었다.

가온은 재빨리 나무 위로 올라갔다.

이제 협곡에 남아 있는 오크들은 독에 당해서 빳빳하게 굳었거나 볼트에 맞아 죽은 놈들인데, 숫자가 약 100여 마리에 달했다.

남아 있는 볼트를 확인하자 절반 정도 되었다. 대전사장 한 마리와 주술사 넷을 포함한 100여 마리 중 절반은 독으로 그리고 나머지 절반은 볼트로 직접 사냥한 것이다.

그 결과를 확인한 가온은 내심 뿌듯했다. 독을 쓰기는 했지만 효과가 이렇게 클 줄은 몰랐던 것이다.

살아남은 놈들은 협곡 가장자리에서 아래쪽을 내려다보며 분노하고 있었다.

오크들은 이제야 누군가 자신들을 독과 볼트로 암습했다는 사실을 알아차린 것이다.

가온도 더 이상 볼트를 쏠 수 없어 그냥 지켜만 봤다.

'놈들이 후퇴할 수도 있겠어.'

독무와 독을 바른 볼트로 3분의 1 가까이 수가 줄었다고 해도 놈들이 예상대로 이동한다면, 자칫 위험한 상황이 벌어질 수도 있었다. 그래서 그렇게 되길 원한 것이다.

습격으로 절반의 전력을 잃은 오크들은 신중하게 움직일 테고 필경 드인 상단 측 사람들이 도착한 이후에나 다시 움직일 거라고 가온은 생각했다.

하지만 오크들의 결정은 달랐다.

놈이 명령을 내리자 오크들은 일제히 협곡 가장자리를 따라서 앞쪽으로 이동하기 시작했다. 빽빽한 나무도, 지면 위로 드러난 굵은 뿌리도, 깊은 구덩이도 놈들의 이동을 막기 힘들었다.

놈들의 이동 방향은 전방이었다.

'제기랄!'

이렇게 되면 서둘러야만 했다.

가온은 바로 나무 위로 올라가서 가지를 통해 일행이 잠복한 곳을 향해 날아가듯 이동했다.

궤멸

얼마나 긴장했는지 속옷과 방어구가 푹 젖을 정도가 되어서야 겨우 첫 매복지인 작은 공터에 도착한 가온은 입구 쪽에서 가장 큰 나무의 꼭대기에 올라가서 육안 정찰을 하고 있는 퍼슨을 보고서야 겨우 걸음을 멈출 수 있었다.

협곡의 위쪽 입구와 이곳까지는 오크들이 수시로 지나다녔기 때문에 길이 나 있어서 이곳으로 오는 것은 시간문제였다.

"대장님!"

"오크들은요?"

"대략 300미터 정도 떨어진 곳까지 왔습니다!"

퍼슨도 급한 상황인 것을 잘 알기에 경과를 묻지 않고 바로 대답했다.

빨리 이동한다고 서둘렀지만 순식간에 무리의 3분의 1을 허망하게 잃은 것에 분노한 오크들도 무리했는지 벌써 그 정도까지 접근했다.

"우리 쪽 준비 상황은요?"

"이미 준비되었습니다!"

"그럼 우리도 가지요!"

서둘러 사람들이 있는 곳으로 향한 가온은 긴장한 얼굴로 캐터펄트 뒤에 대기하고 있는 동료들을 볼 수 있었다.

다행히 헤븐힐 일행도 이미 접속해서 다른 사람들과 함께 있었다.

"곧 오크들이 공터 안으로 들어올 겁니다. 명심하십시오. 놈들이 샘가에 도착해서 정신없이 물을 마실 때를 노립니다. 정확하게 세 발만 발사하고 예정된 장소로 도망치는 겁니다."

사람들이 매복한 곳에서 대략 60미터 거리에 작지만 수량이 많은 샘이 있었다.

협곡에서 정체를 알 수 없는 적에게 습격을 당하고 서둘러 협곡 위쪽으로 올라 달려올 오크들이지만 샘을 지나치지는 않을 것이다.

물을 마시기 위해서 오크들은 자연스럽게 한곳에 몰릴 수밖에 없었고 그때 캐터펄트 열 대로 거대 화살을 날리면 비록 명중률이 높지 않다고 해도 큰 피해를 줄 수 있었다.

아쉬운 것은 캐터펄트이 거대 화살을 분당 세 발 정도밖에 날릴 수 없다는 점이다.

캐터펄트는 거대 화살을 발사하고 난 뒤 본체에 장착된 손잡이를 돌려 장력이 강한 오우거 힘줄 시위를 당겨야 하기 때문에 장전하는 데 시간이 걸릴 수밖에 없었다.

패터가 지휘하는 청년들이 도망칠 시간을 벌어 주기 위해서 추격자들을 견제할 사냥꾼들은 아예 나무 위로 올라가서 약 5미터 정도 되는 곳에 자리를 잡고 화살을 날리기로 했다.

드디어 긴장된 상태에서 오크들이 공터 안으로 진입했다.

그 즉시 대기하고 있던 헤븐힐과 매디가 긴장과 흥분으로 얼굴이 붉게 상기된 청년들에게 버프와 축복을 내렸다.

일시적으로 근력은 물론 집중력과 시력까지 올라간 패터와 청년들은 각자 맡은 캐터펄트 뒤에 자리를 잡았다.

잎이 무성한 나무 위에 올라가서 자리를 잡고 있던 사냥꾼들은 그런 청년들을 걱정 어린 눈길로 지켜보고 있었다.

얼마 후 불안하고 힘든 여정 끝에 공터에 도착한 오크들은 한쪽에 있는 맑고 시원한 샘물이 흘러나오는 샘을 향해서 달렸다. 그리고 샘가에 머리를 처박고 정신없이 물을 마시기 시작했다.

오크 족장이나 하나 더 있는 대전사장도 그런 행동을 터치하기는커녕 본인들이 먼저 물을 마실 정도였다. 그만큼 정체를 알 수 없는 자들에게 당한 기습으로 인해 놈들도 긴장한 채 달려와서 갈증이 난 것이다.

작지만 툭 터진 공간에 도착하니 자연스럽게 긴장이 풀어졌다.

그렇게 오크들이 주의가 풀어진 상태로 샘가에 앉아서 쉬거나 입을 다시며 샘물을 마실 차례를 기다리는 사이에 공격이 시작되었다.

피웃! 피웃!

강력한 장력이 걸려 있던 시위가 창이라고 불러도 무방할 정도로 큰 화살을 오크들을 향해 빠른 속도로 날렸다.

퍽! 퍽! 퍽! 퍽!

이곳에서 대기하는 동안 이미 샘가에 표식을 세워 두 차례나 캐터펄트를 사용해서 화살을 날려 보았기에 이번에 날아가는 화살들은 정확하게 풀어져 있던 오크들을 직격했다.

거대 화살들만이 아니었다. 나무 위에서 아래쪽을 향해 직사로 날아간 화살들은 더욱 정확하게 오크들의 머리통을 노리고 있었다.

췌엑!

동시에 터진 오크들의 비명이 마치 고함처럼 들렸다.

엄청난 힘이 실린 거대 화살에 꿰뚫린 오크들은 몇 미터는 날아가서 즉사했다. 전사장들도 감히 쳐 낼 수 없을 정도로 막강한 힘이 실려 있었다.

그렇게 세 차례에 걸쳐 거대 화살들이 날아가는 동안 오크들은 잠시 혼란스러운 움직임을 보였지만, 화살 세례가 그치고 죽어 나자빠진 동료들을 보더니 꼭지가 돌았는지 피하기보다 오히려 캐터펄트 쪽을 향해 무시무시한 흉광을 방출했다.

"뭐엇!"

가온이 외치자 자신을 대상으로 스트렝스 마법을 건 헤븐힐과 매디 남매가 예정된 이동로로 달리기 시작했고 그 뒤를 청년들이 뒤따랐다.

그다음으로 퍼슨과 패터가 캐터펄트들을 아공간 주머니를 이용해서 재빠르게 챙긴 후 지체하지 않고 청년들의 뒤를 따랐다.

가온과 사냥꾼들은 아직 나무 위에 대기하고 있는 상태였다. 일행이 충분한 거리를 두고 도망칠 시간을 주기 위해서였다.

그런데 예상과 달리 대전사장 한 마리와 이십여 마리의 전사장들이 폭발적인 주력으로 일행이 도망친 곳을 향해 달려왔다.

'이대로라면 잡힌다!'

놈들은 근력뿐 아니라 마나를 이용해서 달리고 있었다. 당연히 일행이 위험할 수밖에 없었다.

오크의 선두는 순식간에 30여 미터를 달려와서 가온과 사냥꾼들이 잠복한 곳과 가까워졌다.

'제대로 빡쳤군.'

시뻘겋게 변한 눈을 보니 분노한 나머지 능력이 순간적으로 올라간 것 같았다.

이해는 갔다. 협곡을 지나는 동안 독무와 독 볼트에 무리의 3분의 1이 죽은 데다 물을 먹던 와중에 다시 습격을 당해서 순식간에 오십여 마리가 죽거나 중상을 입었으니 말이다.

"가세요!"

사냥꾼들에게 명령을 내린 가온은 앙헬을 불렀다.

─왜, 주인님? 어멋! 오크들이네. 설마 나보고 저렇게 흉악한 오크들을 상대하라는 건 아니죠?

"닥치고 내가 던지는 것에 맞추어서 창을 건네줘!"

─호홍. 그 정도라면 어렵지 않지요.

앙헬은 아직 능력이 부족해서 큰 물리력은 발휘할 수 없지만 전리품을 챙기거나 이 정도의 보조는 충분히 할 수 있었다.

적당히 벌어진 두 나뭇가지를 두 발로 밟고 안정적인 자세를 취한 가온은 창을 잡은 오른팔을 뒤로 향했다가 빠르게 앞으로 움직였는데, 순식간에 그 동작이 다섯 번이나 반복되었다.

까앙! 깡!

푹! 푹! 푹!

순식간에 창 다섯 자루가 날아갔는데 두 자루는 선두에서 달려오던 오크 대전사장이 휘두른 글레이브에 튕겨 나갔고 세 자루는 그 뒤를 달려오던 전사장들의 글레이브를 부수고 심장을 꿰뚫었다.

오크 전사장들도 마나를 사용할 수 있다지만, 달려오는 와중이라서 마나가 주입되었으며 거리가 가까웠기 때문에 날아오는 창에 실린 힘을 감당할 수 없었다.

다시 창이 날아갔다. 이번에도 역시 다섯 자루였는데 오크들이 느끼기에는 다섯 명이 거의 동시에 던진 것처럼 시차가 별로 나지 않았다.

아예 멈춰 선 대전사장이 이번에도 자신에게 날아오는 창 두 자루를 받아쳤지만 그 힘에 뒤로 몇 걸음 물러나야만 했다.

그사이에 전사장들을 향해 날아간 창 세 자루 중 한 자루는 글레이브를 부수긴 했지만, 목표를 놓쳤고 두 자루는 이전처럼 쳐 내려는 글레이브를 부수고 오크들의 머리통을 뚫었다.

짧은 순간 창 열 자루를 던져 오크들의 분노를 잠시 잠재운 가온은 나무 위에서 훌쩍 뛰어내린 후 흑검에 마나를 주입한 후 멈춰 선 선두를 지나쳐 달려오는 오크들을 향해 달려갔다.

덕분에 달려오던 오크들의 기세가 순간적으로 약해졌다. 놈들로서는 인간이 도망가지 않고 오히려 달려드는 상황이 당혹스러운 모양이다.

오크 전사장들 사이로 파고든 가온의 흑검이 일렁이는 검광과 함께 춤을 추었다.

훈 검술의 궤적대로 흑검이 유려하게 움직이며 특별한 보법이 아니더라도 그의 몸은 자연스럽고 빠르게 오크들 사이를 이동했다.

궤적을 가로막는 글레이브는 통째로 부술 정도로 흑검의 검광은 압도적인 위력을 가지고 있었다.

받아친 네 자루의 창에 실린 힘의 영향에서 겨우 벗어난 대전사장이 흉흉한 안광을 뿜어내며 다시 움직였을 때는 이미 전사 십여 마리가 머리가 잘리거나 이마와 심장에 구멍이 나서 쓰러진 상태였다.

가온을 향해 달리기 시작한 대전사장의 거대한 글레이브에 검기가 발현되는 순간 가온은 발끝으로 바닥을 박차고 점핑 앤 플라잉 스킬을 펼쳐 일행이 사라진 뒤쪽으로 날아가더니 순식간에 나무 사이로 사라졌다.

췌에잇!

흥분한 오크들이 일제히 괴성을 지르며 가온의 뒤를 쫓기 시작했는데 그 숫자는 꽤 줄어들었다.

족장이 나머지 전사들을 이끌고 뒤늦게 달려왔지만 이미 인간과 대전사장이 이끄는 무리는 숲으로 사라진 후였다.

연속된 습격으로 인해 무리에서 가장 중요한 주술사들을 포함해서 벌써 절반 가까운 소중한 전력을 잃은 족장의 눈이 시뻘겋게 변했다.

가족과 동료를 잃은 분노로 인해 주술이 걸리지 않았음에도 버서커 상태가 되어 버린 오크들은 새로운 족장이 이끄는 대로 숲길을 달리고 있었다.

두두두두.

인간들이 신는 신발보다 더 두껍고 단단한 오크의 발바닥은 바닥에 솟은 돌이나 날카로운 가시도 무시할 수 있었다.

그런데 그런 놈들을 기다린 게 있었다. 바로 사냥꾼들이었다.

후미에서 열심히 일행을 쫓아가던 오크의 뒤통수에 나무 위에서 날아온 화살들이 파고들었다.

오크들은 일단 흥분하면 지휘자의 명령 이외에는 귀에 아무것도 들어오지 않고 뵈는 것도 없을 정도다.

당연히 후미에서 옆머리나 뒤통수에 볼트가 꽂힌 채 하나씩 쓰러지는 동료의 동향은 전혀 알아차리지 못했다.

그렇게 10여 분 동안 달린 오크들은 아까보다 훨씬 더 큰 넓은 공터에 도착하는 순간 발을 멈추었다.

지금까지는 정신없이 인간을 쫓기에 바빴지만 산불로 인

해서 만들어진 것으로 보이는 큰 공터를 보는 순간 흥분이 빠르게 식으면서 발길을 멈추었다.

먼저 도착한 것으로 보이는 대전사장이 눈에 불을 켜고 주위를 조심스럽게 살피고 있었다. 뒤이어 도착한 새 족장도 경계심이 가득한 눈으로 주위를 둘러보았다.

그런데 이상은 주위가 아니라 일족에게 있었다. 자신을 따라온 전사들의 숫자가 너무 적은 것이다.

족장이 생각한 것에 비해서 적어도 사십은 적었다.

'설마?'

두 번에 걸친 기습으로 인해 끌고 온 전사 절반을 잃은 족장은 불안했다.

그래서 조사를 위해 전사 일부를 뒤쪽으로 보내려는 순간 자신들이 들어온 공터의 입구와 반대편 쪽에 있는 나무들 사이에서 아까 봤던 거대한 화살들이 다시 날아왔다.

아까와 달리 샘 근처에 몰려 있었던 것은 아니지만 그래도 본능적인 불안감 때문에 뭉쳐 있었기에 거대 화살은 많은 피해를 강요했다.

결국 세 번에 걸친 거대 화살 공격에 남은 오크 무리 중 무려 스물이 넘게 죽고 말았다.

그리고 바람처럼 다시 사라진 인간들.

새 족장을 포함한 오크들은 그야말로 머리가 돌아 버렸다. 새로운 터전을 건설하고 영역을 안정적으로 유지하는 데 반드시 필요한 전사들은 물론 새로운 일족을 위해서는 반드시 있어야만 하는 주술사들이 모두 죽어 버린 것이다.

완전히 이성을 잃어버린 오크들은 도망친 인간들을 향해 달려갔다.

그때 다시 날아온 창 세례.

놀란 가슴에 발을 멈춘 오크들에게는 다행스럽게도 화살 공격은 없었다. 도주하던 와중에 나무 위로 올라가서 몸을 숨긴 후 후미에 뒤처진 오크들을 저격했던 사냥꾼들은 이번에는 공격을 하지 않고 일행을 뒤따라갔다.

순식간에 날아온 창 열다섯 자루는 엄청난 힘이 실려 있어서 분노로 눈이 뒤집혔던 오크들의 정신이 돌아오도록 만들었다.

족장과 대전사장은 마나와 엄청난 힘이 실린 창 세 자루씩을 어떻게든 쳐 냈지만, 나머지 아홉 자루 중 절반 이상은 이번에도 글레이브를 부수고 전사의 숨통을 끊어 버렸다.

겨우 상대를 확인했을 때는 이미 뒤를 보이고 나무 사이로 사라지고 있었다.

췌애애액!

족장과 대전사장은 억제할 수 없는 분노를 고함으로 표현하며 맹목적으로 인간의 뒤를 뒤쫓았다.

미칠 노릇이지만 자신들을 공격한 인간들은 악마처럼 교활하고 강했다.

거리가 좁아진다 싶으면 여지없이 급소를 향해 날아오는 창과 화살들이 발길을 늦추게 만들었다.

족장과 대전사장은 어떻게든 창을 쳐 내고 거리를 좁히고 싶었지만 창에 실린 힘이 너무 가공해서 그럴 수가 없었다.

거기에 조금만 넓은 공터만 나타나면 기다렸다는 듯 날아오는 거대한 화살들은 전사들의 숨통을 끊어 놓았다.

화가 났지만 그런 상황이 몇 번이나 재현되자 오크들도 하나둘 정신을 차리기 시작했다.

분노와 투기를 바탕으로 활성화되는 종족 특성인 버서커 상태에서 벗어나자 그동안에 쌓인 피로가 한꺼번에 찾아와서 결국 인간들을 쫓는 속도는 느려질 수밖에 없었다.

결국 작은 계곡 사이를 흐르는 넓은 개울가에 도착했을 때 오크 무리의 걸음은 완전히 멈추었다.

맑고 깨끗한 물을 보자 족장부터 당장 개울로 뛰어들어 물을 마시고 싶었지만, 그동안 이어진 습격이 그런 충동을 막았다.

쉬익! 쉬이잇!

갈증은 났지만 먼저 신선하고 맑은 공기가 더 필요해서 거친 숨을 몰아쉬던 족장과 그의 동생이자 대전사장은 문득 뒤를 돌아보고 깜짝 놀랐다. 어느새 뒤따르던 전사의 숫자가 스물 정도밖에 안 남은 것이다.

그중 전사장은 불과 넷밖에 되지 않았다. 쫓고 쫓기는 와중에서 가온의 창과 볼트는 집요하게 전사장들만 노린 것이다.

허리를 숙이고 거칠게 숨을 몰아쉬는 전사들을 밀어내듯 뒤쪽으로 달려간 새 족장은 뒤통수에 가느다란 철 화살이 박힌 채 쓰러져 있는 전사를 볼 수 있었다.

그런 모습의 전사는 하나가 아니었다. 뒤로 더 이동할수록 일정한 거리마다 하나씩 그렇게 쓰러져 있었다.

그때 나무 사이로 인간 하나가 나타났다.

추에에엑!

새 족장은 인간이 쥐고 있는 석궁을 본 순간 상대가 동족을 죽인 자라는 사실을 알 수 있었다.

이놈이다! 이놈이 저 가느다란 화살로 일족의 전사들을 하나씩 죽여 버린 것이다!

족장은 그것을 확신하는 순간 잘 정련된 글레이브를 들고 인간을 향해 날듯이 달려갔다.

가온도 더 이상은 피하지 않고 오크 족장을 향해 뛰어내렸다.

까앙! 깡!

오크 족장은 최근에야 개화한 검기 능력을 아낌없이 발휘해서 인간을 향해 글레이브를 휘둘렀지만 상대의 검에 여지없이 막히고 말았다.

'대체 왜?'

이해할 수가 없었다. 글레이브의 검날에 붉게 일렁이는 새로운 검날을 생성한 후로는 사냥하지 못할 마수가 없었고 심지어 트롤까지 혼자 힘으로 사냥했었다.

그런데 인간은 그저 밝게 빛날 뿐인 검은 검으로 자신의 글레이브를 가뿐하게 막아 내고 있었다. 아무리 힘을 더해도 소용이 없었다. 마치 글레이브가 갈 곳을 미리 아는 것처럼 길을 막고 교묘하게 검날을 틀어 힘을 흘리고 있었다.

하지만 족장은 인간을 반드시 죽일 거라고 쉼 없이 다짐했고 그 투기로 인해서 힘은 떨어지지 않았다.

반면에 이미 많은 마나를 소모한 가온은 포션을 연신 마셨지만 아직 충분히 회복되지 않은 상태라서 검광 발현을 최소한으로 쓸 수밖에 없었다.

'놈의 검기 수준이 낮아서 다행이야.'

여전히 투기를 강하게 발산하고 있는 족장이지만 광분한 상태로 많은 마나를 소모하고 있다는 사실을 잘 모르는 것 같았다.

그러니 검광이 발현된 흑검으로 희미하게 검기가 발현된 놈의 글레이브를 감당할 수 있었다.

비록 족장은 검기를 사용하는 대전사장 실력이었지만, 가온에게는 오크를 상대로 전투력을 2할이나 올려 주는 칭호가 있었기에 흑검과 글레이브는 연신 충돌하면서 불똥을 피워 내고 있었다.

대전사장 실력을 가진 족장을 검으로 상대하면서도 크게 밀리지는 않았지만 가온은 내심 초조했다.

'이대로라면 진다!'

포션을 마실 시간만 있다면 그래도 해볼 만하겠는데 마나가 간당간당했다.

비록 가온의 체력이나 근력이 높다고는 하지만 대전사장인 족장에 비할 바는 아니었다.

무엇보다 오크는 죽음 직전에는 생명력을 불태워서 육체 능력을 높일 수 있는 종족 특성을 가지고 있었다.

그 증거로 미미하게나마 밀리고 있었다. 게다가 흑검을 통해서 놈의 글레이브에 담긴 힘이 전해져서 팔뚝이 가늘게 경련하고 있었다.

그 사실을 인지한 후부터 몸에 빠르게 충격이 쌓이고 있었다.

혈관이 금방이라도 터질 듯 부풀어 오르고 근육들이 파열되는 것을 감지하자 위기감이 더욱 고조되고 상대의 글레이브를 정확하게 쳐 내지 못하는 경우까지 생겼다.

'도망쳐야 하나?'

대전사장이나 다른 전사들이 합세하지 않은 것을 보면 이제까지 힘을 모으고 있던 타람과 로에니가 다른 일행과 함께 효과적으로 놈들을 붙잡고 있는 것 같았다.

하지만 그들의 역량으로 오래 상황을 유지할 수는 없었다. 오크의 경우 전사 정도만 되더라고 생명력을 담보로 폭발적인 힘을 끌어낼 수 있었다.

단숨에 상대를 압도적인 전력으로 해치우지 못한다면 쓸만한 근접 딜러가 타람 남매밖에 없는 일행이 위험할 수밖에 없었다.

까앙!

휘청!

잡생각을 해서인지 바닥을 드러낸 마나만큼이나 근력이 한계에 이르러서인지 상대의 글레이브를 쳐 낸 가온의 몸이 불안하게 흔들렸다.

지치긴 마찬가지였지만 좀 더 강한 육체를 가진 오크 족장의 눈빛이 달라졌다.

사냥감은 물론 동족 전사들을 상대로 수라장을 거쳐 대전사장이 된 놈은 이럴 때 몰아쳐야 한다는 사실을 잘 알고 있었다.

결국 오크 족장의 글레이브를 받아치던 가온이 뒤로 날아가듯 몇 걸음 물러나 각혈을 했다. 내상을 입은 것이다.

'이대로는 안 돼!'

지금은 마나를 거의 소모한 상태였다. 충격이 쌓인 육체 역시 한계에 이르렀다.

그때였다.

-주인님, 제가 포션을 먹여 줄게요.

앙헬이었다.

'아!'

가온은 자신이 얼마나 바보인지 이제야 알았다. 그녀라면 전투 중에도 아공간에서 필요한 물건을 적시에 그에게 전해 줄 수 있었다.

순식간에 입안으로 들어온 포션은 무려 세 가지였다.

체력 포션과 마나 포션 그리고 치료 포션까지.

하나같이 중급으로 값어치를 하는지 순식간에 내상의 증상이 사라졌고 힘이 차오르기 시작했다.

가온은 족장과 싸우면서 자신이 범한 다른 한 가지 실수를 더 알았다.

'바보같이! 힘과 마나양에서 밀린다는 사실을 잘 알면서 왜 정면 승부를 고집한 거지? 급한 마음부터 진정해야 해!'

상대 전력을 제대로 알고 독을 이용해서 습격을 한 자신이 대체 왜 오크의 글레이브를 피하지 않고 받아치는 데만 몰두했는지 모르겠다.

그리고 동료들이 대전사장을 상대로 잘 싸우고 있다고 믿어야만 했다. 그래야 자신의 최선을 끌어낼 수 있었다.

가온은 이제까지와 달리 족장의 공세에 맞대응하는 대신 피하거나 빗겨 내는 데 주력했다.

힘이나 체력은 몰라도 민첩은 놈에 비해 높았고, 20%의

확률로 발동하는 매의 눈의 특별한 능력으로 상대의 공격을 1초 먼저 인지할 수 있게 되어 효과적으로 적의 공세를 피할 수 있었다.

오크 족장은 아까와 달리 미꾸라지처럼 자신의 공격을 빠져나가는 인간의 행동에 분노했지만 어찌할 도리가 없었다.

그렇게 한쪽은 무지막지한 공격을, 그리고 다른 한쪽은 적의 공격을 간발의 차이로 피하거나 최소한의 힘으로 빗겨 내는 기이한 전투가 한동안 이어졌다.

'됐다!'

세 포션의 효능이 100% 발휘되었다는 사실을 인지한 가온의 기세가 단숨에 바뀌었다.

가온의 기세가 순간적으로 바뀌자 오크 족장도 긴장했다.

이제까지는 시간이 걸리더라도 곤죽으로 만들 수 있다고 느꼈다면 지금은 마치 오우거가 자신을 쏘아보는 것 같아서 전신의 털이 곤두서는 것처럼 섬뜩했다.

기세가 바뀐 후 인간의 검이 다시 빛을 뿌리면서 한층 더 빠르게 움직였고, 검에 실린 힘도 강력해서 이젠 자신이 검은 검을 쳐 내야 하는 상황으로 급변했다.

깡! 깡! 까앙!

분명히 힘은 자신이 더 강한 것 같은데 인간의 검은 검을 쳐 낼 때마다 몸이 뒤로 밀리고 나중에는 팔이 덜덜 떨리고 있었다.

오크 족장은 그게 상대의 공격 속도 때문이라는 사실을 깨달았다. 상대의 빠른 공격에 맞대응하느라 제대로 글레이브에 힘을 줄 수가 없었고 체력이 더 빨리 소진되고 있었다.

췌애에액!

악을 쓰며 글레이브를 휘둘러 상대의 몸통을 반으로 갈라 철철 흐르는 뜨거운 피로 갈증을 달래고 연하고 영양가가 높은 간을 씹어 피로를 풀고 싶었는데, 현실은 인간의 검은 검을 제대로 막아 내지 못해서 몸 곳곳에 상처가 나고 있었다.

오크 족장은 관자놀이를 꿰뚫은 화살에 어이없게 죽은 대전사장을 떠올리며 이를 갈았다.

그놈이 입고 있었던 인간의 강력한 방어구가 있었다면 이런 상처는 입지 않았을 것이다.

'그것만 있었다면……'

원래 그건 자신의 것이었는데 이번에 독립하면서 혹시 몰라서 대전사장 한 놈을 더 끌어들이기 위해서 주었다.

그런 잡념이 독이 되었을까.

속도를 따라잡지 못해서 제대로 쳐 내지 못한 검은 검이 결국 검은 뱀처럼 요사하게 한쪽 허벅지를 깊이 가르고 지나갔다.

퀘에에엣!

분노에 찬 고함을 질러 봤지만 속은 전혀 시원하지 않았다.

지금 이 순간에도 살아 있는 듯 현란하게 움직이는 인간의 검은 검과 빠르게 움직이는 인간의 몸을 제대로 볼 수가 없었다.

분노로 인해서 체력을 조절하지 못하고 전력을 다해서 몇 번이나 달리고 제대로 쉬지 못한 터라 한번 기운 승부는 뒤집을 수가 없었다.

마침내 가온이 승부를 걸었다. 마나를 최대한 주입해서 발현할 수 있는 최대의 검광을 피워 낸 것이다.

빛이 감싼 흑검이 이젠 마구잡이처럼 휘두르는 글레이브의 궤적을 교묘하게 파고들어 목을 노렸다.

사악!

결국 새 족장으로 암컷들을 모두 차지해서 수많은 새끼들을 낳고 전사로 만들어서 이전의 무리까지 흡수할 야망을 불태웠던 오크는 목이 반쯤 잘려 분수처럼 피를 뿜어내며 쓰러지고 말았다.

"허억! 헉!"

오크 족장의 굵은 목을 베어 낸 가온은 숨을 몰아쉬었다.

'앙헬이 아니었으면 죽을 뻔했어!'

이렇게 앙헬이 도움이 될지는 몰랐다. 그동안에는 그녀의 능력이 그렇게 필요하지 않았다.

그러다가 문득 일행을 떠올린 가온은 바로 3개의 포션을 꺼내 복용했다.

채 1분도 제대로 쉬지 못했지만 움직여야만 했다. 그쪽에도 오크 대전사장이 하나 더 남아 있었다.

서둘러 마지막 매복지인 개울가로 향한 가온은 크게 안도했다.

마을에서 데리고 온 청년들은 거의 예외 없이 부상을 입은 상태로 헤븐힐의 치료를 받고 있었지만, 두 발로 서 있는 오크 전사들은 더 이상 보이지 않았다.

스무 마리에 달하는 오크들은 온몸에 거대 화살과 창 그리고 화살이 빼곡하게 박힌 모습으로 죽어 나뻐져 있었고 유일하게 살아 있는 건 대전사장밖에 없었다.

청년들의 앞을 가로막고 있는 타람과 로에니가 상대하고 있는 대전사장은 여전히 흉흉한 기세를 풍기고 있었지만, 움직임은 실력에 맞지 않고 느리고 허점이 많이 드러났다.

잘 보니 왼쪽 허벅지에 화살이 두 대나 박혀 있었고 오른팔에도 불에 탄 자국이 선명했다.

왼팔이 부러졌는지 덜렁거리는 모습을 하고 있는 타람과 머리카락이 잘려 산발이 된 로에니는 형편없는 모습이기는 하지만, 부상 때문에 제 실력을 발휘하지 못하는 대전사장의 공세를 차근차근 막아 내고 있었다.

물론 공격은 엄두도 내지 못하고 막거나 비껴 내는 수준이지만 그래도 감당하고 있었다.

검광 실력자인 두 사람이 검기를 사용하는 대전사장을 성공적으로 막아 낼 수 있는 데는 이유가 있었다.

두 사람이 조금이라도 위험해지면 여지없이 사냥꾼들이 화살을 날렸고, 헤븐힐과 매디는 마나와 신성력이 차오르기 무섭게 두 사람에게 버프와 축복을 걸어 주고 있었다.

바로가 보이지 않아서 찾아보니 마나 고갈이라도 왔는지 하얗게 질린 얼굴로 부상을 입은 청년들 뒤에서 명상을 하고 있었다.

대전사장의 팔에 있는 화상 흔적을 보니 바로 역시 놈을 상대하는 데 상당한 역할을 수행한 것 같았다.

이제 포션의 효과가 최대가 된 것을 인지한 가온은 있는 대로 화가 치밀어서 날뛰고 있는 대전사장을 향해 날아갔다.

점핑 앤 플라잉 스킬로 단숨에 대전사장의 머리 위로 날아오른 가온의 흑검에서 폭발하는 것처럼 빛이 터져 나왔다.

순간 본능적으로 위험을 감지한 오크 대전사장이 뒤로 물러나면서 주위를 살필 때 놈을 향해 빛나는 흑검이 거꾸로 떨어졌다.

슥!

작은 소성과 함께 오크 대전사장의 정수리를 파고든 흑검이 자루만 남았다.

그렇게 놈을 마지막으로 오크 사냥이 끝났다.

-오크 무리를 사냥하셨습니다. 보상으로 레벨이 5 상승합니다!

언제 들어도 기분 좋은 안내음이었지만 이번에는 좀, 아니 많이 아쉬웠다.

'대전사장을 세 놈이나 죽였는데 겨우 5밖에 안 올라가네.'

안내음은 업적이라는 단어조차 언급하지 않았다. 칭호, 특성, 스킬, 아이템 보상도 없었다.

이제는 대전사장 정도가 아니면 오크를 상대로는 더 이상 레벨 업을 하지 못한다는 의미다.

결국 이제까지와 마찬가지로 폭발적인 레벨 업을 하려면 경험치를 몇 배나 받을 수 있는 던전을 찾아가야 하는 것이다.

가온은 바로 상태창을 확인하고 주요 스텟 중 가장 낮은 근력에 15를 투자해서 70에 맞추었다. 오크 대전사장을 상대하며 힘이 달린 점이 걸렸다.

이제 전리품을 챙길 시간이다. 전리품을 생각하면 기분이 다시 좋아졌다.

'상급 마정석만 3개면 얼마야.'

이계인들 덕분에 최하급과 하급 마정석의 공급은 빠르게 늘고 있지만, 중급 이상의 마정석은 아직도 품귀 현상을 겪고 있다.

거기에 300마리의 오크에서 나올 다양한 등급의 마정석들과 가죽 등 부산물을 생각하면 고생한 보람은 충분했다.

그렇게 보상을 확인한 가온이 정신을 차리고 마침 그에게 다가온 퍼슨에게 이쪽 전투에 대해서 물었다.

"오크 전사들이 많이 지쳤었나 봅니다. 지속해서 버프와 축복을 받은 타람과 로에니 남매가 바로 마법사와 사냥꾼의 지원을 받아서 대전사장을 붙들고 있는 동안 캐터펄트로 절반의 숫자를 줄인 후 화살과 창으로 놈들을 죽였습니다."

"사망자는 없는 것 같은데, 맞습니까?"

"네. 패터 녀석도 그렇지만 방패수 전원이 날뛰는 전사장 두 마리를 상대하다가 팔다리가 부러지고 창상이나 내상을 입었지만, 헤븐힐과 매디의 치료와 포션으로 치료를 했습니다. 좀 쉬면 괜찮아질 겁니다."

그건 반가운 소식이다.

오크 대전사장을 전담했던 타람과 로에니 남매가 늘어져 있는 곳을 향했더니, 마나 포션을 마신 후 쉬고 있는 헤븐힐이 그를 맞이했다.

"두 사람 상태는 어떻습니까?"

"일단 타람 씨의 부러진 왼팔과 자잘한 외상은 모두 치료한 상태예요. 다만 마나 고갈과 내상은 포션을 복용했지만 완전히 회복하려면 시간이 좀 필요해요."

"다행입니다. 세 분은 괜찮습니까?"

"네. 저희야 대장님이 미리 주신 포션과 이분들의 헌신적인 호위 덕분에 괜찮아요. 저희를 지키기 위해서 마을 청년들은 물론 사냥꾼들 그리고 타람 씨와 로에니 씨가 부상을 입었어요."

나중에 들었지만 오크 대전사장도 머리가 돌아가는 놈이라서 마법사들이 인간들의 능력을 높여 주는 것은 물론 큰방해가 된다는 사실을 알고 전사들에게 공격을 지시했다고한다.

그래서 세 마법사를 보호하기 위해서 마을 청년들의 방패가 다 부서졌고, 사냥꾼들 중 세 명도 내상을 입으면서도 놈들을 기를 쓰고 막았다고 한다.

"다들 고생이 많았습니다. 이제 좀 쉬십시오."

멀쩡한 사람은 가온과 퍼슨 그리고 사냥꾼 두 명밖에 없었다. 물론 가온을 제외한 그 세 사람도 일단 자리에 앉자 바로 누워 버릴 정도로 상태가 안 좋았지만 말이다.

가온은 협곡까지 돌아보면서 아직 죽지 않은 놈들을 확인사살함과 동시에 앙헬로 하여금 오크 사체는 물론 거대 화살이나 창 등 무기까지 모조리 챙기도록 했다.

마지막으로 대형 오크 부락 쪽을 살펴봤는데 이쪽 상황을전혀 알지 못하는 듯 별다른 징후가 없어 비로소 안심했다.

제대로 마나도 사용하지 못하는 이들이 절반 이상인 인원으로 오크 300마리를 상대하는 무척 위험한 작전이었지만, 결과는 아주 좋았다.

부상을 당한 다친 직후 바로 치료를 받은 상태에서 질 좋은 포션을 사용한 덕분에 사람들은 바로 다음 날부터 정상적으로 움직일 수 있었다.

이른 새벽에 일어나서 주위 정찰을 마치고 가볍게 수련을 마친 가온이 숙영지에 돌아와 보니 광산의 공터에 사람들이 가득했다.

이번에 느낀 것이 많았는지 청년들은 시키지도 않았는데 패터에게 부탁해서 일찍부터 창술과 방패술을 수련했고, 사냥꾼들 역시 함께 수련했다.

그런데 생사가 오가는 실전을 겪어서 그런지 방패술도 그렇지만 창술이 제대로였다. 벌써 기초가 잡힌 것이다.

지친 상태에 사냥꾼들의 화살과 퍼슨의 연발 석궁에서 발사되는 볼트로 인해 전력을 제대로 발휘할 수 있었던 것은 아니지만, 확실히 일반인 입장에서 오크 전사의 몸에 창을 찔러 죽인 경험은 긍정적이었다.

다칠 때는 죽을 것처럼 고통스럽고 겁이 났지만 막상 치료를 받고 포션을 마시자 이렇게 빨리 회복되었다는 점도 청년들에게는 긍정적인 영향을 주었다.

타람과 로에니는 몸을 움직이는 수련 대신에 명상을 통해 어제 상대한 대전사장과의 싸움을 복기하는 것 같았다.

'보기 좋군.'

가온은 일행 개개인이 향상심을 가지고 노력을 하는 모습이 무척 기꺼웠다.

극소수의 플레이어를 제외하고는 이들을 다른 가상현실 게임의 NPC로 여기고 무시하거나 상대하지 않지만, 가온은 생각이 달랐다.

벼리의 말을 통해서 이 탄 대륙이 지구와는 다른 차원이라는 사실을 잘 알고 있었다.

피로했는지 전날 일찍 로그아웃한 세 플레이어들도 환한 얼굴로 접속했다.

그럴 이유가 있었다. 세 사람은 놀랍게도 높은 기여도를 인정받아서 폭렙을 한 것이다.

헤븐힐과 매디는 각각 44와 42, 바로는 39까지 레벨이 올라서 랭커에 당당히 이름을 올리는 쾌거를 달성했다.

"세 분 모두 고생했습니다. 감사합니다."

가온은 물론이고 탄 대륙 사람들도 세 사람에게 진심이 담긴 감사 인사를 했다.

일행의 능력을 한층 더 높여 줄 수 있는 세 사람이 아니었다면, 죽은 사람들도 많이 나왔을 테고 오크 무리를 몰살시키는 전과도 거두지 못했을 거라는 사실은 다들 알고 있었다.

이제까지는 세 이계인과 데면데면한 태도를 유지했던 타람과 로에니도 태도가 바뀌었다. 두 사람이 동료로 인정할 수 있을 정도로 충분한 능력을 발휘했다.

덕분에 분위기는 아주 좋았다.

거기에 더 좋은 소식은 추가 보너스가 기다리고 있다는 사실이다.

"드인 상단이 약속한 500골드에 상급 마정석이 3개면 그것만 해도 2천 골드야."

"그럼 이번에도 60골드!"

"그래! 좀 빡세기는 했지만 한번 나와서 무려 120골드를 받는다니 완전 대박이라고!"

다들 크게 흥분했다.

"이게 다 대장님이 아낌없이 포션을 구입해서 나눠 준 덕분이야."

로에니가 가온 쪽을 초롱초롱한 눈으로 보며 말했다.

"맞아. 이번에 우리가 먹어 치운 포션값만 해도 어마어마하겠다!"

타람의 말대로 이번 전투만 해도 1골드짜리 하급 포션과 5골드짜리 중하급 포션을 종류별로 꽤나 마셨다.

"난 사실 대장님이 너무 많은 몫을 챙기는 거 아닌가 싶은 생각도 조금은 있었는데, 이젠 그런 생각은 하지 않으려고."

"나도!"

일행 중 타람과 로에니 말고는 그런 생각 자체를 해 보지 않았지만, 위험을 무릅쓰고 솔선수범을 한 것도 모자라서 그 비싼 포션을 아끼지 않는 가온의 배포를 보고 다른 이들은 더 이상 그런 생각을 하지 않게 되었다.

"오빠, 이제 그만 쉬고 수련이나 하자."

"뭐? 지금?"

타람은 동생의 말에 황당하다는 얼굴이 되었다. 죽을 고비를 넘긴 것이 불과 얼마 전이었다.

"그 실력에 쉰다는 게 말이 돼? 같은 검광 실력자인데 대장님은 혼자 대전사장보다 강한 족장을 사냥했다고. 이건 아무래도 우리의 능력이 부족해서야."

"생각해 보니 그렇긴 하네. 대체 대장은 어떻게 족장을 잡아 죽였지? 요즘 배운다는 마법이라도 쓴 건가?"

"그건 아닐 거야. 검기를 쓰는 놈을 상대로 마법을 쓸 여유가 어디 있어."

"그럼?"

"내가 보기에는 마나를 효율적으로 사용하는 방법이 있는 것 같아."

"음."

타람이 생각해도 로에니의 의견이 타당했다.

"그럼 복기한 부분만 수련한 후에 대장에게 가르침을 요청해 볼까?"

"가르쳐만 주신다면 좋겠지만……."

로에니는 가능성이 없는 일이라고 생각했다. 누가 용병 따위에게 그렇게 귀중한 비의를 전수해 준단 말인가.

"우리 대장은 달라. 비록 기초 수준이라도 왕국 병사들이 익히는 방패술과 창술을 아무 연고도 없는 청년들에게 가르쳐 주었어. 하물며 우리는 앞으로 한동안 같이할 동료들이라고. 분명히 마다하시지 않을 거라고 생각해!"

"……."

로에니는 오빠가 언제 이렇게 대장에게 깊은 믿음을 가지게 되었는지 알 수 없지만 오빠의 말처럼 되었으면 좋겠다고 간절히 바랐다.

부상에서 회복된 사람들 중 일부가 수련을 시작하자 가온은 정찰을 위해서 주위를 한 바퀴 돌아보고서야 비로소 안심했다.

걱정했던 대형 오크 부락 쪽에서는 독립을 위해 출발한 선발대의 상황을 전혀 모르는 것 같았다.

가온의 정찰 결과를 들은 사람들도 이젠 완전히 마음을 놓았다.

'그래도 시간이 지나면 문제가 되겠어.'

지금 생각하면 자신들의 전력으로 대전사장 셋과 주술사까지 포함된 300마리의 오크를 몰살시키는 전과를 거둔 것은 거의 불가능한 일이었다.

아무리 강력한 독과 캐터펄트와 같은 위력적인 무기를 사용했다지만 정말 운이 좋았다.

'나레인 일행이 돌아오면 바로 떠나자.'

자신의 입장에서 보면 이 광산에서는 더 이상 취할 이득이 없었다.

그래도 걸리는 건 있었다. 자신을 믿고 따라온 외성 마을 출신의 사냥꾼들과 청년들이 그 대상이었다.

아무래도 일이 돌아가는 것을 보면 이 광산도시에 정착하는 건 그 다섯 마을이 될 것 같은데, 가까운 곳에 위치한 오크들 때문에 굉장히 위험할 것 같았다.

'에이! 내가 뭐라고.'

만약 외성 마을 사람들이 이곳으로 온다면 그건 그들의 운명이다. 광산 건설 건에서 국외자인 그가 어떻게 할 수 없는 문제였다.

그렇게 심란한 마음으로 주위를 돌아보던 가온의 눈에 퍼슨과 패터가 들어왔다.

두 사람은 큰 부상을 입지 않았는지 다른 사람들이 쉬고 있는데도 구슬땀을 흘리며 가온에게 전수받은 기본 창술과 방패술을 쉼 없이 반복해서 연습하고 있었다.

당장은 능력이 좀 떨어졌지만 향상심만은 세 플레이어만큼이나 강해서 더 마음에 들었다.

'저들의 역량부터 올려야 해.'

앞으로 자신이 생각하는 길에 퍼슨은 반드시 필요한 사람이며, 패터는 믿을 수 있기에 더욱 필요했다.

퍼슨은 자신이 생각하는 길에 큰 도움이 될 사람이다. 친우의 아버지이기도 하지만 목숨을 구해 주었다고 여기기에 자신의 뒤통수를 칠 사람도 아니다.

비록 마음에 드는 여인을 만나 여생을 보낼 생각을 굳혔지만, 모아 둔 것도 없었고 던전에 대한 미련을 아직도 버리지 못해서 당분간 자신과 함께하기를 원하는 이였다.

가온은 두 사람을 본격적으로 가르쳐 보기로 했다.

'내가 제대로 가르칠 수 있으려나?'

그런 우려가 없는 건 아니지만 그래도 어느 정도는 자신이 있었다. 마나 친화력을 높여 주는 비약과 청뇌 명상법이 있었다.

'좋아! 해 보자!'

자신의 성장도 중요했지만 동료의 능력이 높아지는 것 역시 중요했다.

성장을 위한 시간

다음 날 아침, 가온은 퍼슨과 패터를 동행하고 정찰을 나 갔다.

2시간 정도 주위를 면밀하게 정찰했는데 딱히 우려되는 정황은 발견할 수 없었다. 전날과 달리 비가 오고 있어서 본 격적으로 사냥을 시작할 환경은 아닌 것이다.

세 사람은 광산 위쪽으로 돌아오던 중에 발견한 작은 동굴 에서 휴식을 취하기로 했다.

시원한 물로 갈증을 달랜 후 가온이 입을 열었다.

"이번에 오크를 상대해 봐서 알겠지만 모험가로 활동하려 면 우리 셋 모두 지금보다 실력을 더 올릴 필요가 있습니다."

"나도 대장과 함께 사냥을 하면서 내가 얼마나 부족한지 확실하게 깨달았어. 더 열심히 수련해야 할 것 같아."

"패터의 말이 맞습니다. 대장님이 인원을 더 보강할 계획이 없다면 우리의 실력을 더 높여야만 합니다. 문제는 패터는 몰라도 전 나이가 많아서 육체 능력이 갈수록 빠르게 떨어진다는 겁니다."

패터는 수련 의지를 활활 불태웠지만 퍼슨은 자신의 한계에 고민하고 있었다.

"저는 앞으로 한동안은 사냥보다는 던전을 찾아서 공략할 생각입니다. 그러니 계속 퍼슨 씨와 패터의 도움이 필요합니다. 그래서 스승님의 허락을 받아서 두 사람에게 제대로 된 마나 연공술과 검술 그리고 창술을 전수하려고 합니다. 배울 마음이 있습니까?"

가온은 두 사람이 약간은 고민할 거라고 생각했지만 반응은 즉각적이었다.

"배우겠습니다!"

"나도 배울래! 배우고 싶어!"

두 사람의 반응이 너무 열렬해서 가온이 놀랄 정도였다.

"지금까지 한 것보다 훨씬 더 힘들게 수련을 해야 할 텐데, 괜찮겠습니까?"

"제대로 배울 수만 있다면 힘든 건 괜찮습니다."

"기사의 비전을 배우는 건데 힘든 거야 당연하겠지만, 대장이 준 이 기회를 절대로 놓치지 않을 거야. 그런데 정말 우리가 배울 수 있는 거야?"

모험가로 오래 활동한 퍼슨도 검술을 익혔다. 용병들이 흔히 배우는 삼류 검술이지만 말이다.

사실 인간을 상대하는 기사의 검술과 마수나 몬스터를 상대하는 용병들의 검술은 다르다. 용병들은 극소수를 제외하고는 마나 연공술을 배우지 못하기 때문에 오로지 육체적인 능력을 갈고닦을 수밖에 없었다.

그래서 전자의 경우 정교함과 속도 그리고 눈을 현혹시킬 수 있는 검초들이 포함되지만 후자의 경우에는 검의 위력을 높일 수 있는 강력한 초식들이 주를 이룬다.

그렇게 용병 검술의 경우 검로가 단순하기 때문에 공격력이나 방어력을 높여 주는 무기나 방어구에 치중한다.

기사의 검술은 익히고 싶다고 익힐 수 있는 것이 아니다. 보통 혈연이나 사제 관계로만 전수되기 때문에 당장 하루 벌어서 하루를 먹고 살아야 하는 평민이나 용병 들에게는 그야말로 그림의 떡이나 다름없었다.

퍼슨과 같은 모험가가 제대로 된 검술, 즉 기사의 검술을 배울 기회는 전혀 없었다. 용병 검술도 큰돈을 주고 배웠던 것이다.

가온은 두 사람의 반응에 크게 고무되었다.

"지금 두 사람에게 전수하는 것은 제 스승이신 2급 기사나크 훈 님이 창안한 명상법과 기초 마나 연공술, 그리고 검술과 창술입니다. 비록 허락을 받았다지만 두 사람은 스승님의 인정을 받기 전까지는 연공법이나 검술의 출처를 밝힐 수 없으며, 나크 훈 님의 이름에 먹칠을 하는 행동을 하면 절대로 안 됩니다."

이 세상의 검술은 기본적으로 사제 관계로 전수되기 때문에 하는 당부였다.

가온의 당부를 들은 두 사람의 얼굴은 잔뜩 상기되었고 눈은 더욱 빛났다.

"대장님의 실력을 보고 가르치신 분이 누군지 궁금했는데, 역시 대단한 분이셨군요. 그런 분의 비전을 배우는 것이니 당연히 그렇게 하겠습니다."

"절대로 나크 훈 님의 이름을 더럽히지 않겠다고 맹세할게."

두 사람도 랑트에서 오래 지냈기에 나크 훈이 어떤 인물인지 잘 알고 있었다.

이번에 신탁에 의해서 이계인들이 대거 출현하는 일이 아니었다면 랑트와 같은 작은 남작가에서는 보기 힘든 고위급 기사가 바로 나크 훈이었다.

그러니 그가 창안한 마나 연공술과 무술을 배울 수 있다는 것이 두 사람에게 어떤 의미인지 가온은 잘 모르고 있었다.

모험가로 세상을 떠돌았기에 이런 점을 잘 알고 있는 두 사람은 자신들에게 온 이 기회를 절대로 놓치고 싶지 않았다.

더불어 이런 기회를 마련해 준 가온에 대한 감사한 마음도 한층 더 강해졌다. 그가 아니었다면 일개 모험가에 불과한 두 사람이 언감생심 어떻게 그런 귀한 비전을 배울 수 있겠는가.

"그럼 일단 한번 해 봅시다."

가온은 이 둘의 실력을 빠르게 높일 방법을 궁리하다가 볼코트의 가르침을 활용하기로 했다.

비약을 통해 마나 친화력을 높인 후에 마나 연공술을 전수한다면 늦은 나이라도 쉽게 마나의 길에 입문할 수 있을 것으로 생각했다.

가온이 말한 대로 전신 근육을 모두 사용하는 체술로 몸을 적당히 푼 퍼슨이 먼저 도전했다.

"일단 명상을 통해 마나에 대한 감각을 높인 후 마나 연공술을 전수할 겁니다. 그동안에는 절대로 입을 벌려서는 안 됩니다."

먼저 퍼슨에게 비약을 복용시키고 편한 자세로 앉게 한 후 청뇌 명상법으로 마나 친화력부터 높였다.

가온이 반복해서 말해 주는 명상법의 요결과 설명을 들으며 퍼슨은 자연스럽게 명상 상태에 들어갔다.

명상법의 효과로 인해서 비약이 전신으로 퍼지면서 세포 단위에 퍼져 있는 마나가 활성화되면서 외부의 마나에 대한 감각을 자연스럽게 높여 주었다.

어느새 퍼슨의 몸은 눈에 보일 정도로 떨리기 시작했다. 주위에서 끌어온 청기가 몸 안의 중요 부위에 응집해서 폭발하기 시작한 것이다.

얼마의 시간이 지나고 퍼슨의 몸에서 청기의 폭발이 끝나 세포 단위까지 활성화가 되자 가온이 입을 열었다.

"이제부터 마나 연공술을 전수하겠습니다. 제가 주입하는 마나를 인지할 수 있으면 고개를 끄덕이십시오."

가온은 나크 훈이 그랬듯 마나 연공에 따르는 주의를 단단히 준 후 자신의 손바닥을 그의 등 뒤에 붙이고 아주 서서히 자신의 마나를 그의 몸으로 집어넣었다.

원래 타인의 몸 안에 마나를 주입하는 건 위험했지만 자신의 마나가 오행의 속성을 가지고 있어서 두 가지 속성을 가진 나크 훈의 마나만큼 안전할 것이라고 생각했다.

'된다!'

예상한 대로 마나를 주입했음에도 퍼슨의 몸에 위험한 변화는 감지되지 않았다.

가온은 정신을 집중해서 퍼슨의 몸 안에 주입한 마나를 인지한 순간 아지랑이처럼 풀어져서 퍼슨의 몸 안으로 퍼지는 마나를 느낄 수 있었다.

신기한 일이다. 심안이라도 열린 건지 그의 몸 전체가 마치 눈으로 보듯 머릿속에 선명하게 그려졌다. 뼈와 장기 그리고 혈관과 마나로드까지 말이다.

가온은 주입한 마나를 꼬리뼈 부위의 마나포인트에 모은 후 천천히 회전시키기 시작했다.

그때 퍼슨이 고개를 까닥거렸다. 그 역시 몸 안으로 들어온 이질적인 마나를 인지한 것이다.

"이제부터 마나가 어떤 경로로 움직이는지 잘 기억해야 합니다."

이제부터가 중요했다. 퍼슨의 체내에서 활성화된 마나가 이질적인 그의 마나를 어떻게 대하는지가 관건이었다.

'후유!'

다행이다. 퍼슨의 마나는 가온의 마나를 배척하지 않고 오히려 인력(引力)이라도 작용하는 것처럼 모여들기 시작했다.

"꼬리뼈 부근에 자리를 잡은 마나를 느낄 수 있습니까?"

끄덕! 끄덕!

바로 긍정적인 대답을 하는 것을 보면 비약과 청뇌 명상법이 확실하게 퍼슨의 마나 친화력을 높여 준 것 같았다.

"의식을 꼬리뼈 쪽에 집중하고 가능하면 마나를 통제해 보십시오."

이 부분에서 자신의 경우와는 차이가 있었다. 자신의 경우마나를 바로 움직일 수 있었는데, 퍼슨은 그게 되지 않았다.

나크 훈이 말했었다. 자신의 경우는 처음 보는 거라고, 대부분은 마나의 흐름과 마나로드를 인지하는 것도 어렵다고.

그렇다면 그 부분은 포기하면 된다.

가온은 회전으로 인해서 발생한 흡력 덕분에 꼬리뼈 부근으로 모여든 마나의 밀도를 높이는 동시에 형태를 머리가 없는 나사처럼 만들어서 끝 부분을 뾰족하게 만들었다.

"갑니다! 경로를 제대로 기억하십시오."

나사처럼 만들어진 마나를 회전시키며 서서히 이동했다.

굳이 자신의 경우처럼 무리해서 뚫을 필요는 없었다. 아주 가느다란 통로, 즉 마나로드를 조금만 확장시킨다는 기분으로 마나를 이끌었다.

가온의 마나는 꼬리뼈부터 시작해서 척추를 따라서 퍼슨의 상반신 후면을 따라 올라가면서 좁디좁은 마나로드를 확장하며 이동하기 시작했다.

마음 같아서는 구멍을 더 크게 확장해 주고 싶지만 그랬다가는 내상을 입힐 수 있기에 조심해야만 했다.

그가 전수하려는 마나 연공술은 자신의 오행연공술이 아니었다. 그건 경로가 너무 복잡해서 육체와 마나로드에 대한 지식이 높지 않으면 연공하는 건 무리였다.

목덜미 정중앙을 통과한 가온의 마나는 정수리를 거쳐서 상반신의 앞쪽 정중앙을 따라 내려갔다. 그리고 금의 성질을 가진 간을 경유하는 마나로드를 거쳐 마침내 마나오션의 위치까지 내려왔다.

나크 훈이 익힌 비전 마나 연공술이다.

예지몽으로
히든랭커

가온은 순간 마나오션의 위치에 자신의 마나를 고정시킨 후 마나시드를 생성시키려고 하다가 마음을 바꾸어서 다시 꼬리뼈 쪽으로 내려갔다.

자신의 경우 기와 관련된 책을 통해서 선행학습을 한 것이 있었기에 단번에 성공했지만, 퍼슨은 다를 수밖에 없었다.

총 열 번에 걸쳐 마나 연공을 한 후 퍼슨의 마나가 경로를 따라 도는 것을 확인한 후에야 마침내 마나오션의 위치에 멈춘 가온의 마나는 반시계 방향으로 빠르게 돌기 시작했다.

고오오오.

진공과 함께 사방에서 안개처럼 풀어진 퍼슨의 마나가 가느다란 마나로드와 혈관 그리고 세포 단위를 거쳐 모여들기 시작했고, 한참 후에는 그 자리에는 쌀알 크기의 마나시드가 생성되었다.

"굳이 마나를 통제하려고 하지 말고 마나를 움직여서 마나로드로 운행시킨다고 생각하십시오."

미량의 마나를 다시 주입해서 퍼슨의 체내를 살펴보자 원래 체내에 존재하던 마나와 호흡을 통해 들어온 마나가 그가 연 마나로드를 따라서 돌기 시작하는 것을 확인할 수 있었다.

몇 번이나 확인했지만 퍼슨의 마나는 가온이 주도적으로 마나 연공을 시켜 준 것과 거의 동일한 속도로 마나로드를 순행했고 마나시드는 아주 조금씩 커지고 있었다.

"휴우!"

퍼슨의 등에서 손바닥을 뗀 가온이 안도의 한숨을 내쉬었다.

"서, 성공한 거야?"

패터가 잔뜩 긴장한 얼굴로 물었다.

"오래 걸렸어?"

가온은 고개를 끄덕이며 물었다.

"1시간쯤. 아버지 몸이 덜덜 떨리고 안색이 수시로 변해서 걱정했었어."

외부로 그런 변화가 있었는지는 가온도 몰랐다. 그만큼 집중했었다.

"퍼슨 씨는 조금 더 연공을 해야 하니 연공이 끝날 때까지만 쉬자."

마나 소모는 거의 없었지만 심력 소모가 컸는지 피곤이 밀려왔다.

그렇게 말한 가온은 가부좌를 틀고 앉았다. 이럴 때는 청뇌 명상법이 제격이다.

청뇌 명상법과 비약의 효과는 엄청났다. 평범했던 마나 친화력을 가지고 있는 퍼슨과 패터가 즉각 마나를 느끼고 홀로 연공할 수 있는 능력을 가지게 되었으니 말이다.

마나 친화력은 젊은 패터가 훨씬 더 높았지만, 마나 연공 쪽은 퍼슨이 더 성취가 높았다. 마나의 밀도가 높은 던전을 많이 들어가 본 경험 덕분인지 전신에 퍼져 있는 마나의 양이 두 배 이상이었다.

어쨌거나 두 사람 모두 단번에 마나 연공에 성공하고 마나 시드를 생성한 것은 엄청난 성과였다.

만약에 가온의 마나가 자연기에 가까운 가온의 마나, 즉 오행기가 아니었다면 체내의 마나와 반발해서 이렇게 쉽게 마나 연공에 성공할 수 없었을 것이다.

가온은 티끌처럼 작은 마나지만 마나오션에 자리 잡은 시드를 인지하고 감동해서 어쩔 줄 모르는 두 사람에게 몇 번이나 주의사항을 당부했다.

"절대 욕심을 부리면 안 됩니다. 마나가 불어나는 것에 욕심을 내서 무리를 하면 심각한 내상을 입을 수 있습니다. 무엇보다 마나 연공은 조용하고 안전한 곳에서만 해야 한다는 점을 명심하십시오."

초심자가 가장 많이 범하는 실수가 바로 욕심 때문에 발생한다. 빨리 마나양을 늘리기 위해서, 혹은 마나가 늘어나는 것에 욕심을 내어 무리하게 마나 연공을 하면 오히려 몸에 좋지 않았다.

마나로드가 충분히 넓어지고 단단해져야만 더 많은 마나

가 무리 없이 움직일 수 있었다.

게다가 두 사람의 현재 수준은 중간에 연공을 중단한다고 해도 큰 영향은 없지만 앞으로를 위해서 원칙을 지켜야만 했다.

"다음은 훈 검술입니다."

훈 검술은 왕국 기본 검술을 토대로 만들어졌지만 익숙해지면 자연스럽게 변초를 구사할 수 있었다.

가온은 퍼슨에게 초식과 각 동작에 맞춘 호흡의 순서와 길이 등 비전을 전수했다.

비전이 빠진 훈 검술은 흔하지는 않지만 그래도 배우고자 하면 얼마든지 배울 수 있는 검술에 불과했다. 그래서 남들이 보는 상황에서 수련을 해도 상관이 없었다.

패터에게는 시리우스 창술을 전수했다. 물론 자신의 경우처럼 단숨에 3단공 전체를 받아들일 수 없어서 1단공만 전수했다.

청뇌 명상법은 두뇌를 활성화시켜 주는 효과도 있었고, 두 사람의 열의와 집중력도 뛰어났기 때문에 해가 지기 전까지 훈 검술과 시리우스 창술의 기초를 몸에 새길 수 있었다.

이제 남은 것은 반복해서 수련하는 것과 실전을 통해 자연스럽게 펼치는 것밖에 없었다.

두 사람은 시간 가는 줄도 모르고 훈 검술과 시리우스 창술에 푹 빠졌다. 초식을 정교하게 구사할 때면 검과 창에 실린 힘을 실감할 수 있었다.

"그만!"

가온은 해가 지고 있는 것을 보고 두 사람의 수련을 멈추었다.

"앞으로 마나 연공은 자기 전과 일어난 직후에 열 번씩 하고 검술과 창술 수련은 한 번에 2시간이 넘지 않도록 하십시오. 안 그러면 오히려 몸에 무리가 갑니다."

가온의 말에 수련을 멈춘 퍼슨 부자의 몸은 땀으로 흠뻑 젖어 있었지만, 얼굴은 그 어느 때보다 빛나고 있었다.

동굴에 도착하니 평소라면 저녁 식사 준비를 해야 할 사람들이 여기저기 흩어져서 구슬땀을 흘리며 창술과 방패술을 수련하고 있었다.

열 명의 청년은 물론이고 다섯 사냥꾼들은 시간의 흐름조차 잊을 정도로 열심히 수련하고 있는 것이다.

그들도 마수와 몬스터를 상대할 때 활과 창만으로는 부족하다는 사실을 경험을 통해 잘 알고 있지만, 제대로 된 검술과 방패술을 익힐 기회가 없어서 익히지 못했을 뿐이다.

사냥꾼 중에는 왕국 기본 검술을 아는 이도 있었지만 그들이 배운 것은 달랐다.

가온은 팔다리의 길이나 체격과 같은 신체 조건과 민첩성 등 개인의 장단점을 고려해서 기초 검술을 적당히 조정해서 맞춤식으로 개조해서 가르쳤다. 당연히 자신의 옷처럼 잘 맞을 수밖에 없었다.

가온은 실전을 겪어서 그런지 하루 만에 자세가 눈에 띄게 좋아진 사람들을 칭찬하면서 일일이 교정해야 할 부분을 지적하고 시범을 보여 주는 식으로 수련의 마지막을 장식했다.

해가 완전히 지고 나서야 수련을 마무리한 사람들은 계곡으로 내려가서 땀을 씻어 내고 땀으로 범벅이 된 옷까지 빨았다.

몸은 오랜 수련으로 피곤했지만 마음만은 개운한 상태로 돌아온 사람들은 광산 안에서 흘러나오는 냄새를 맡자 다투어 달려 들어갔다.

안에는 가온이 헤븐힐 일행과 함께 빵을 데우고 스튜를 끓이고 있었다.

다들 종일 수련을 했던 터라 빵과 스튜를 연신 비웠다. 맛이 없어도 먹을 판인데 맛까지 뛰어나니 다들 환장할 수밖에 없었다.

"매일 이랬으면 좋겠어요."

청년 중에서는 가장 어린 축에 속하는 웨일 마을의 랄프가 행복한 미소를 지었다.

사실 태어날 때부터 남다른 체구를 가진 랄프는 일찍부터 자경대에 들어가서 활약할 정도로 힘이 좋았으며 성실한 편이라서 한번 일한 곳에서는 만족할 수밖에 없어 찾는 곳이 많았다.

열심히 일하면 자신과 가족 그리고 친지에게 고기까지는 몰라도 빵을 사 주는 것은 어려운 일이 아니었다.

하지만 랑트성으로 이주를 한 후 랄프는 전혀 행복하지가 않았다. 전처럼 사냥을 갈 수 있는 것도 아니었고 친구들과 놀 수 있는 여유도 전혀 없었다.

그저 가족과 친척을 위해서 이른 아침부터 밤까지 일하는 것이 전부였다.

그가 위안 삼을 수 있는 유일한 건 자신이 아니면 벌써 굶어 죽었을 수도 있었던 가족과 친척을 챙길 수 있다는 점이었다.

하지만 그것도 벌써 2년 가까이 되어 가니 답답해서 미칠 것 같았다.

예전처럼 친구들과 사냥을 나가거나 맛있는 것을 사 먹으며 성에서 여는 축제를 구경하고 싶었다. 그러다가 눈에 들어오는 아가씨가 있으면 연애하는 것을 상상하기도 하고 그도 아니면 술을 마시며 재미있게 놀고 싶었다.

그런데 2년 동안은 그저 단지 살기 위해서 아침부터 밤늦게까지 일만 해야 했다. 그래서 어느 순간부터 지루하고 따분하다는 생각밖에 들지 않았다.

그런데 무료하고 지루하며 답답했던 차에 촌장님과 스톤 아저씨가 새로운 제안을 해 왔다.

사냥을 보조하고 도축 등 잡일을 하는 일인데 위험할 수 있지만, 무척 보수가 높다고 했다.

랄프는 바로 제의를 수락했다. 보수가 적다고 해도 받아들일 판이었다.

그렇게 따라나선 길.

오크가 이렇게 쉬운 사냥감인 줄 몰랐다.

굳이 맞붙을 필요도 없었다. 위에 잠복하고 있다가 아래로 지나가는 오크들을 향해 창을 정확하게 던지기만 해도 그 두려웠던 오크들이 픽픽 쓰러져 나갔다.

그래도 대전사장에 근접한 전사장이 쏟아지는 창과 화살을 쳐 내면서 자신들을 공격해 왔을 때는 정말 오금이 저렸다. 노련한 사냥꾼 아저씨들이 악전고투 끝에 놈을 해치웠지만, 그때만 생각하면 아직도 가슴이 벌렁벌렁했다.

그럼에도 불구하고 비슷한 임무에 다시 자원했다. 마을로 쳐들어와서 친인척과 지인을 죽인 오크들을 죽일 때의 그 통쾌함을 잊을 수 없었다.

처음에는 이전과 비슷한 방식으로 사냥을 했다. 그래도 신기하게 검을 빛나게 만들 수 있는 실력자가 세 명이나 되고 마법사들까지 있어서 그런지 오크들이 우스울 정도로 쉽게 사냥할 수 있었다.

그렇지만 그건 아무것도 아니었다. 폭우가 쏟아지는 날 아침에 거의 1천 마리에 육박하는 거대한 오크 부락을 수백 개의 바위를 굴려서 폐허로 만들고 오크들을 육포로 만들어 버린 광경을 떠올리면 아직도 흥분으로 몸이 벌벌 떨릴 정도다.

그리고 그 후에도 캐터펄트라는 생소한 이름의 무기를 이용해서 거대한 화살을 날려 열 마리가 넘는 오크를 즉사시키고 마지막에는 창으로 돌진해 오는 놈들까지 자신의 손을 죽였다.

그때는 정말 어떻게 오크를 상대로 창질을 했는지 기억도 안 날 정도로 떨리고 두려웠지만, 자신이 만들어 낸 결과를 확인하곤 마음껏 환호했다. 자신이 직접 오크를 죽인 것이다.

그것만으로도 평생 사람들에게 자랑할 얘기가 될 텐데, 온 대장은 자신에게 수준 높은 방패술과 창술을 익힐 기회까지 주었다.

그 창술로 마지막에는 오크 전사들을 죽일 수 있었다. 비록 혼자 한 일은 아니지만, 혼자서는 감히 어쩔 수 없을 정도로 두려운 존재였던 오크를 자신이 찌른 창으로 죽이는 경험을 한 것이다.

랄프는 이게 평범한 농부나 사냥꾼 정도로 살 팔자였던 자신에게 다른 삶을 살 수 있는 기회임을 깨달았다.

무엇보다 혼자서 오크 족장을 죽일 수 있는 2급 기사급 무력을 가진 가온이 직접 전수한 창술이다. 창술만 제대로 익히면 병사가 될 수 있는 건 물론이고, 마음만 먹는다면 용병이 되어도 쉽게 죽지 않을 것이다.

그런 기회를 얻은 것만 해도 크나큰 행운인데 식사 때마다 빵과 신선한 고기로 조리한 요리를 마음껏 먹을 수 있으니 현재 생활에 만족할 수밖에 없었다.

그런데 그건 랄프만의 생각이 아니었다.

"난 제발 드인 상단 측이 늦게 왔으면 좋겠어."

"나도. 이곳에서 더 수련하고 싶어."

청년들은 다들 랄프와 같은 생각이었다.

사실 입 밖으로 꺼내지는 않고 있지만 사냥꾼들도 같은 생각이었다.

그들은 누구보다 목숨을 내걸고 살아왔기에 지금 배우는 창술이 앞으로 얼마나 도움이 될지 잘 알고 있었던 것이다. 그래서 되도록 오래 배우고 싶었다.

그렇게 사흘이 지나갔다.

한 사람도 예외 없이 수련에 매진했다. 앞으로 이런 기회가 올 확률이 거의 없다는 것을 잘 아는 사람들은 필사적이었다.

헤븐힐과 매디 그리고 바로도 덩달아 수련에 집중할 수밖에 없었다. 수련의 열기가 너무나 뜨거웠기 때문이다.

세 사람은 사람들이 쉬는 동안 너무 힘을 주고 수련을 하는 바람에 찢어진 손아귀는 물론이고 손상된 팔과 어깨근육을 치료해 주는 한편, 자신들도 마나가 모두 소진될 때까지 마법을 수련했다.

당연히 수련의 성과는 대단했다.

사냥꾼들은 물론 청년들도 이제 방패술은 물론 창술을 익숙하게 펼칠 수 있게 되었고 속도도 빨라졌다. 무엇보다 내지르는 창에 제대로 힘을 실을 수 있게 되었다.

헤븐힐과 매디 그리고 바로도 얻은 것이 많았다. 레벨은 그대로였지만 마법 숙련도가 빠르게 높아졌고 마나를 소모하고 채우기를 반복하면서 자연스럽게 마나양이 증가한 것이다.

그래도 퍼슨과 패터 부자만큼 얻은 것이 큰 사람들은 없었다. 가온이 그들을 위해서 하급 마나 영약까지 주었다.

두 사람은 마나 연공술을 통해 마나의 길에 들어섰고 훈검술과 시리우스 창술도 빠르게 익혀서 플레이어로 생각하면 숙련도를 다섯 레벨은 올린 상태였다.

영약과 마나 연공술 덕분에 마나양도 크게 늘어나서 아직까지는 의지로 마나를 전신으로 퍼뜨리는 수준에 불과했지만 그래도 쓸 수 있는 육체적인 능력도 비약적으로 높아졌다.

가온 역시 죽을 뻔한 실전을 겪고 복기를 통해 자신의 부족한 부분을 수련한 결과, 변화가 별로 없었던 스킬 창에 대대적인 변화가 일어났다.

소드 마스터리 중 강격, 연속 베기의 등급이 F에서 E로 올라갔고 훈 검술도 1레벨이 올랐다.

서칭 마스터리에도 변화가 있었다. 많이 사용해서 그런지 마력 탐색과 매의 눈 스킬 모두 1레벨씩 상승한 것이다.

무방 마스터리의 경우 무음보와 점핑 앤 플라잉 스킬은 원래 B등급이라서 그런지 변화가 없었지만 질주 스킬의 경우 F에서 E로 올라갔다.

다만 신성 마스터리와 기타 마스터리는 변화가 없었다. 전자의 경우 사용하지 못했었고, 기타 마스터리는 등급이 워낙 높아서 레벨 업에 필요한 경험치가 많았다.

그래도 가르치는 동안 사람들을 주의 깊게 살펴본 덕분에 관찰력과 집중력 스텟이 각각 3씩 올랐다. 처음이라면 몰라도 레벨이 80을 넘겼기에 이런 식으로 스텟이 높아지는 경우는 흔치 않아서 무척 뿌듯했다.

하지만 이런 행복한 수련 시간은 오래 가지 못했다. 사람들이 하루라도 더 오래 지속되기를 원했던 수련의 시간은 드인 상단 측 사람들의 도착으로 끝이 났다.

불청객

가온 일행은 랑트성에서 오는 사람들을 맞이하기 위해서 광산을 내려왔다.

드인 상단이 꽤 무리를 했는지 도착한 인원은 500여 명이나 되었다.

절반은 제대로 무장한 상단 호위 무사로 보였는데, 통일된 방어구를 착용하고 있었고 나머지는 광산이나 건축과 관계된 기술자와 인부로 보였다.

"어서 오십시오."

가온은 안면이 있는 나레인과 드인 상단의 거메인을 반겼지만 속내는 별로 좋지 않았다. 과연 이 정도 전력으로 광산을 지켜 가면서 개발할 수 있을지 자신할 수 없었기 때문이다.

"별일 없었나요?"

"닷새 전에 이곳이 비어 있다는 것을 알고 선발대로 보이는 오크들이 오는 것을 확인하고 매복해서 해치웠습니다."

모르는 얼굴들이 많아서 굳이 숫자나 전력까지 언급하지 않고 그 정도에 그쳤다.

"안 그래도 걱정했는데 그래도 대장님이 잘 처리를 해 주셨군요. 감사해요."

"감사는요."

나레인이 웃으며 뒤로 물러나자 거메인이 나섰다.

"온 대장님, 그동안 고생하셨습니다. 먼저 소개해 드릴 분들이 있습니다."

거메인은 뒤에 서 있던 네 사람을 소개했다.

"랑트 남작가의 적자이신 나르멜 랑트 영작이십니다."

나르멜은 이제 열두 살이라고 들었는데 눈빛이 맑고 강한 것이 아주 영민한 듯했지만, 몸은 무척 유약해 보였다.

"온이라고 합니다."

"누나와 거메인 아저씨에게 온 대장의 활약에 대해서 많이 들었어요. 나르멜이라고 불러 주세요."

가온은 어린 나르멜의 정중한 태도에 내심 많이 놀랐다. 본디 이 세계의 귀족들은 뿌리 깊은 권위의식에 젖어 있어서 같은 귀족이 아니면 사람 취급을 잘 하지 않는다고 했다.

예지몽 속에는 귀족이 아니라 기사가 다스리는 변경성에서 플레이를 했기에 귀족은 직접 대한 적은 없지만 소문은 들어서 잘 알고 있었다.

성품이 원래 이런 것이 아니라면 나르멜은 이미 남작의 작위 계승을 포기한 것 같았다.

남작가의 세력 구도에 대해서는 그동안 식사 때 사냥꾼들과 청년들이 한 말을 통해 들어서 어느 정도 예측하고 있었다.

"이분은 저희 상단의 단주이신 헤론 드인 님이십니다."

전대 남작의 사생아인 드인은 준귀족인 모양인데, 살집도 넉넉하고 후덕한 인상이지만 눈빛만은 아주 강렬했다.

"온이라고 합니다."

"반갑습니다. 온 대장님의 활약은 거메인 상두를 통해서 많이 들었습니다. 우리 상단을 위해서 여러 번 큰 도움을 주셨다는 것을 잘 알고 있습니다. 적은 인원으로 광산을 지켜주어서 감사합니다."

현 랑트 남작의 동생이지만 서자이기에 어릴 때부터 상인으로 살아온 헤론은 정중하게 감사를 표했다.

"이분은 저희가 구상한 광산도시의 건설 사업에 참여하기로 결정한 알몬 상단의 부단주인 유바르 알몬이십니다."

유바르 알몬은 단주의 자식인지 이십 대 중반 정도로 보였는데, 멋쟁이인지 잘 다듬은 콧수염과 화려한 옷을 입고 있는 것이 인상적이었다.

나중에 들었는데 알몬 상단은 랑트성에서 가장 큰 규모의 대장간과 5개의 대형 상점을 소유하고 있으며 주로 무기와 마정석을 취급하는데, 자금력이나 판매망이 랑트에서는 단연 1위이며 왕국 전체로도 20위 안에 들어간다고 했다.

"나는 유바르 알몬이다. 네가 바로 나레인 영애께서 말씀하신 용병이냐?"

자신을 소개하기 전에 먼저 나선 것이나 반말을 쓰는 것은 별로 특별할 것이 없지만, 어째 말투가 좀 기분 나빠서 다시 한번 쳐다보게 되었다.

"저를 언제 보신 적이 있습니까?"

무시를 당해서 그런지 가온의 말투가 날카로웠다.

"그럴 리가."

마치 너 따위를 내가 상종할 이유가 없다는 것처럼 들렸다.

"그럼 고귀한 혈통이십니까?"

신분제 사회가 고착된 이 탄 대륙에서의 자신은 등록되지 않은 용병, 즉 자유 용병이나 자유 모험가에 지나지 않는다. 귀족이라면 당연히 자신을 무시할 수 있었다.

"꼭 그런 건 아니지만 앞으로 그렇게 될 것이다."

상대의 대답에 가온의 얼굴이 딱딱해졌다.

말투가 문제가 아니라 오만한 태도와 그 눈빛에 담긴 감정이 문제였다.

무시, 혹은 경멸.

자신이 우월하다고 믿는 자가 타인을 낮추어 볼 때 나오는 감정이다.

자신만 그렇게 받아들인 것이 아니었다. 헤론이나 거메인 은 물론이고 묵례로 인사를 나눈 나레인이나 열두 살밖에 안 되는 나르멜 역시 유바르를 쳐다보며 인상을 찌푸렸다.

순간 감정이 격해졌다. 유바르의 눈빛이 마치 가끔 봤던 장호의 그것과 비슷했던 것이다.

예지몽 속에서 자신을 무시하던 장호 때문에 일어난 일련 의 일들을 생각하자 머리끝까지 열이 뻗혔다.

가온은 정색을 하며 입을 열었다.

"남을 존중하지 않는 자는 스스로 존중받기를 포기했다는 증거이니 나 또한 예의를 다할 필요가 없겠지. 유바르라고 했나? 다시 인사하지. 나는 온 훈이라고 한다."

"뭐라고? 감히 이 천한 작자가!"

유바르의 눈매가 급격히 좁아지며 허리에 차고 있는 화려 한 검집에 손을 올렸다.

하지만 그의 손은 굳은 듯 움직이지 못했고 몸은 가늘게 떨리기 시작했다. 가온이 그를 죽일 듯이 사납게 쏘아보고 있었다.

가온은 의식하지 못했지만 마나를 검에 주입해서 검광을

피울 있을 정도로 마나양이 늘어났기 때문에 살의가 포함된 부정적인 감정이 실린 마나가 요동치며 외부로 발산되었다.

순간적으로 살기가 실린 마나가 방출되자 얼굴이 하얗게 질린 유바르가 주춤 뒤로 물러나는 순간 호위로 보이는 두 검사가 앞으로 나서며 검을 빼 들었다.

"이거 완전히 미친 새끼네! 귀족도 아닌 새끼가 날 언제 봤다고 개지랄을 떠는 거야!"

가온의 험악한 말에 두 호위 뒤에 몸을 숨긴 유바르가 부들부들 떨었다.

"이, 이런 건방진!"

"닥쳐, 이 새끼야! 뭐 이런 싸가지없는 새끼가 다 있어! 야! 너 내가 누군지 알고 이따위로 구는 거야? 내가 네 부하도 아니고. 처음 만난 자리에서 이따위로 행동하다니 참 황당하네. 경고하는데 지금부터 입 밖으로 나를 무시하거나 자극하는 말이 튀어나오면 바로 베어 버릴 테니 알아서 행동해라!"

가온의 손이 자연스럽게 검대에 꽂힌 흑검의 손잡이를 잡았다.

진심으로 계속 이따위로 굴면 바로 베어 버릴 생각이었다.

'더 지랄하면 목은 몰라도 팔 하나는 자른다.'

물론 그렇게 한 결과는 대충 짐작하고 있다.

'최악의 경우 남작가는 물론 아르딜리아 왕국에서 수배령

을 내릴 수도 있겠지.'

예지몽 속에서도 탄 대륙인과 분쟁이 생겨서 죽이거나 다치게 한 플레이어들이 있어 수배를 받거나 잡혀서 곤욕을 치른 경우가 종종 있었다.

신탁에 의해 이 세상으로 건너온 이계인들에게는 법 적용이 느슨했지만, 그래도 죄를 지으면 상당히 강한 수준의 벌을 받아야만 했다.

아주 심한 경우는 사형을 언도받고 신전에 등록이 되는데, 이런 경우 더 이상 어나더 문두스를 플레이할 수가 없었다.

물론 그럼에도 불구하고 이 세계의 죄인들처럼 플레이어들 중에서도 검거당하지 않고 도망자 신분으로 오랫동안 플레이하는 경우가 꽤 많았다.

당연히 가온도 수배령이 내린다면 스파인 산맥을 타고 북상해서 제국으로 넘어가 버릴 생각이다. 이 탄 대륙의 나라들은 국경만 넘으면 힘이 미치지 않는다.

'던전이 아르딜리아 왕국에만 있는 것도 아니고.'

살기를 발산하면서 검광까지 피우고 있는 가온의 서슬 푸른 위협에 유바르는 잠시 말을 잃었다.

한낱 용병 따위가 자신의 태도에 거칠게 반발하는 모습에 가슴 저 깊은 곳에서 뜨거운 게 치밀었지만, 상대가 내뿜는 살기는 진짜였다.

적어도 수련기사급은 되는 두 호위의 몸이 가늘게 떨리는 것도 그렇고, 이 거리까지 느껴지는 생생하고 강렬한 살기가 상대가 얼마나 살벌한 성격인지를 알려 주고 있었다.

유바르는 평소 같았으면 길길이 날뛰었을 테지만 지금은 그럴 수가 없었다. 상대의 눈빛이나 뿜어내는 살기로 보아 상대가 말한 선을 넘는 순간 저자의 검이 자신의 목을 벨 거란 사실을 알고 있었던 것이다.

"오, 온 대장님, 이러시면 안 됩니다!"

거메인이 바로 달려들어서 중간에 서지 않았다면 유바르는 가온이 발산하는 살기에 바지에 실례를 했을 것이다. 그의 창백하게 질린 얼굴과 잘게 떨고 있는 몸이 그것을 증명했다.

"이런 무도한 자가 있나! 감히 우리 공자님에게 위협을 하다니!"

유바르의 또 다른 호위로 보이는 거한이 살기등등한 얼굴로 앞으로 나섰다. 그러자 뒤늦게 자신들의 숫자를 생각하고 자신감을 찾은 이십여 명이 유바르를 둘러쌌다.

"후후후! 알몬 가문은 목숨이 아깝지 않은 모양이군! 주인이 불구덩이로 들어가려면 말려야지 오히려 등을 떠미네. 혹시 그동안 주인에게 당한 것이 있어서 내심 내가 정말 유바르라는 자를 죽이길 바라고 일부러 도발을 하는 건가?"

살기를 흘리며 흑검을 천천히 빼 든 가온이 검에 마나를 주입했다.

지이이잉.

청명한 검명과 함께 흑검이 순식간에 요요한 검광을 뿜어
냈는데, 빛은 어디 한 곳 이지러진 곳도 없었고 빛의 조도도
변화가 없었다. 완숙한 검광의 경지였다.

"헙!"

"검광!"

상대방이 발현한 검광의 수준을 확인한 유바르나 그의 호
위 무사들의 기세가 순간 급전직하했다. 그들 역시 검을 수
련했기에 상대의 실력을 바로 알아볼 수 있었다.

가온의 검광은 거의 완벽했다. 이 정도 수준으로 검광을
발현하려면 최소한 3급 기사는 되어야만 했다.

거기에 검을 뽑아 든 순간 검명에 이어 검광을 구현했으니
2급에 근접한 3급 기사로 봐야 한다. 3급 기사라면 남작이나
자작가의 기사단장 정도에 해당하니 놀라고 두려울 수밖에
없었다.

그때 가온의 뒤로 타람과 로에니가 다가오더니 검을 빼 들
었다.

"우스운 놈들이군. 감히 귀족도 아닌 것이 귀족처럼 굴다
니. 귀족 모독죄로 죽는 건 두렵지 않은가 보지?"

"안 그래도 지난번 의뢰를 수행할 때 하도 지랄을 떨어서
그때 베어 버리려고 했는데, 우리 대장님에게까지 지랄을
하다니 정말 죽고 싶은 모양이야!"

타람도 그렇지만 로에니는 이전에 놈과 얽힌 적이 있었는지 표정이 무척이나 살벌했다.

표정만이 아니었다. 그들의 검은 순식간에 찬란하게 빛나고 있었다. 3급 기사의 상징인 검광이었다.

그게 전부가 아니었다. 우그러지고 잔뜩 파손된 방패를 들고 있던 십여 명 뒤로 마법사로 보이는 세 명이 언제라도 공격 마법을 펼칠 것처럼 주문을 영창하고 있었다.

그들 말고도 기이하게 생긴 석궁을 꺼내 든 두 사람에 한눈에도 노련해 보이는 사냥꾼들이 시위에 화살을 걸고 있었다.

기세만으로는 150여 명의 호위 무사를 끌고 온 알몬 상단 측은 물론 100여 명의 호위 무사와 용병을 끌고 온 드인 상단 측과 싸워도 밀리지 않을 전력이었다.

실제로 두 세력의 전력 중 검광 실력자는 불과 네 명에 불과했는데, 수준은 온 측과 비교하면 많이 차이가 났다.

누가 봐도 일촉즉발의 상황이었다.

다음 권으로 이어집니다